散文无界
＋

爱你，爱人间烟火

张梅霞·著

山西出版传媒集团　北岳文艺出版社

U0782357

图书在版编目（CIP）数据

爱你, 爱人间烟火 / 张梅霞著. —太原 : 北岳文艺出版社,
2017.2(2023.6重印)
ISBN 978-7-5378-5139-8

Ⅰ.①爱… Ⅱ.①张… Ⅲ.①散文集－中国－当代 Ⅳ.①I267

中国版本图书馆CIP数据核字（2017）第025503号

书　　名　爱你, 爱人间烟火
著　　者　张梅霞
责任编辑　贾江涛
书籍设计　张永文

出版发行　山西出版传媒集团·北岳文艺出版社
地　　址　山西省太原市并州南路57号
邮　　编　030012
电　　话　0351-5628696（太原发行部）
　　　　　0351-5628688（总编办公室）
传　　真　0351-5628680
网　　址　http://www.bywy.com
E－mail　bywycbs@163.com
经　销　商　新华书店
印刷装订　山西万佳印业有限公司

开　　本　787×1092　1/32
字　　数　110千字
印　　张　6.375
版　　次　2017年2月第1版
印　　次　2023年6月山西第2次印刷
书　　号　ISBN 978-7-5378-5139-8
定　　价　38.00元

序

赵学文

20世纪80年代前后，一句格言非常流行，学生们把它抄在本子上自我激励，写在作文里以示渊博；学校把它写在墙上，鼓舞学生。那还是改革开放初年，国家百废待兴，学生们兴致勃勃，意气风发，人们的精神风貌昂扬向上——那句格言就是："宝剑锋从磨砺出，梅花香自苦寒来。"

梅霞嘱我为她的两本新书《爱你，爱人间烟火》《树梢上的风景》作序，苦思冥想数日，不知从何写起。因她名字中的"梅"字，我遂想起这句格言，一时觉得用来形容从20世纪八九十年代走过来的她，倒也异常贴切。

格言出自《警世贤文》，意思也并不深奥，寓意是要想拥有珍贵品质或美好才华，需要不断地努力、修炼，克服一定的困难才能达到。

梅霞出身运城临猗农家，自幼聪颖好学，初中毕业考取运城师范学院。毕业时正遇山西师范大学选拔，她在同级考生中又独拔头筹，得以入大学深造，真正是千里挑一的人才。我比她虚长几岁，不为同窗，因同为校友、系友，从与她相识之初就多一份亲近感。那是2005年前后吧，她已担任《小学生拼音报》（以下简称"小拼"）的总编了。当时"小拼"刚从运城迁到太原办公，组织了一次同行见面会，我们前去祝贺。那时梅霞三十几岁，年轻漂亮，温雅持重，她领导的小学生拼音报社工作也风生水起，享誉全国。作为同行，我暗暗称奇，由衷钦佩。

　　想来世事巧合。几年后报刊管办改革，"小拼"竟并入我们三晋报刊传媒集团，我与梅霞也由同行变为同事，在董事会里我们常常一起共谋事业发展。这时的"小拼"发行突破百万，效益显著且质量上乘，被国家新闻出版总署评为全国唯一一份"零差错教辅报"；梅霞个人也荣获了"山西省劳动模范"等荣誉称号，并当选为中国少年儿童报刊协会副会长等职务。

　　看看梅霞走过的路，一路鲜花掌声，但个中苦辛作为同道中人深能体恤。把一张少儿报纸办成品牌，梅霞作为总编付出了多少个不眠之夜，做了多少细致入微的沟通管理协调工作，这都是常人难以想象的。把一张少儿报纸每期卖出百万，在众多少儿报刊的竞争中立于不败之地，梅霞作为一把手跑过多少腿，磨过多少嘴，这也是常人难以想象的。梅霞作为一名女性，付出了超常的努力。如果把梅霞比作一把宝剑，这把锋利的宝剑实在是经过了不懈的磨砺；如果把梅霞比作梅花，这支馨香的梅花必然是开放在百花畏惧的寒冬里。

如果不是梅霞让我为她的书写序，如果不是拜读她的书稿，我对梅霞的了解也就仅止于此了。读了书稿，我在感动之余方才醒悟，我之前所知道的梅霞仅仅是公众视野下的梅霞，她的喜怒哀乐，她的爱恨情仇，她的荣耀梦想，是一座浮着的冰山，她内心所珍视的，原来一直都隐藏在水面之下的深处。我也领悟到要理解一名文化女性，只有读她的文字，才能听到她真正的倾诉。

《爱你，爱人间烟火》《树梢上的风景》是两本书。前者是梅霞的亲情随笔，后者是梅霞的人生感悟。过了天命之年，我愈来愈喜欢看回忆录尤其是家族史之类的文字，喜欢看父辈的故事，祖辈、祖祖辈辈的故事……梅霞作为女性，对家族故事的关注有一份特别的热心。她把从父辈处听来的祖辈的故事做了生动的记述，传承了家族的记忆，将那个兵荒马乱的年代晋南一家人的悲苦命运展示给了读者。家族记忆就是民族记忆，从前人的不幸中体悟生命之可贵、生活之

3

艰辛，也可算是为文之本吧。

　　当父母离世，做儿女的只有在梦中才能依稀见到他们的身影，他们对儿女的那份呵护，也如锥一样刺痛着我们的心灵。作为女儿的梅霞在怀念自己的父亲时真正感到了父爱如山。她是父亲的心头肉，父亲宠她、护她，她也敬他、恋他。她在父亲身上悟到爱的真理。在《宠爱》一文的结尾，梅霞写道："后来她长大了，不知道该怎样把心掏给一个人，好让他来爱自己。有一天从梦中醒来，她突然大彻大悟：这个人不知道自己喜欢吃什么，从来不留好吃的给自己，从来没有像他那样尽己所能满足她的要求。她想，他那样宠我，不想我受丁点儿委屈，我为什么要为一个可以不相干的人折磨我呢？他如果知道了，一定会心疼坏的。从那天起，她轻轻松松地放下了那个人。"读到这段话，我被深深地触动了。所谓天下女儿心，其实就是以父亲之爱衡量男性之爱，而那些不省世事的愣头青男孩们又有多少能如此体味一个女孩子的爱情。这是一段爱情的箴言。记住，要赢得爱情，男生们就要能给女生可依靠的臂膀和无微不至的关怀。

　　梅霞写母亲的文字同样感人。她写母亲的整洁、要强、忍耐、劳作、仁慈，写母亲就是自己避风的港湾。天下母亲最无私，母亲为女儿敬佛拜佛，实际上她就是女儿心中的佛。她的母亲虽然没什么文化，但有慈悲宽恕心肠。当曾经伤害过自己家的女人遇到丧子之痛，有人劝母亲数落出气，她却说："世界上哪有报应呢？我一辈子不说过头话，不做过头事，还不是吃了很多苦？将心比心，我知道人家没有孩子，心理受症哩，何必呢？"这个普通母亲不以怨报怨而是痛人之痛，这种胸襟无疑为女儿做了为人处世的最好示范。

在女性承担的各种社会角色中，母亲是最天性的角色。鲁迅有言："女人的天性中有母性，有女儿性，无妻性。"可谓一语中的。梅霞的文字印证了她作为母亲的那份舍己之爱。一位女同事刚刚当了妈妈时，写了一句话：我要放下所有对社会曾经的不满意，我要与世界和解，为了女儿的未来。梅霞也因为有了儿子更爱这个世界。《爱你，爱人间烟火》是一册书的书名，也是亲情随笔中关于儿子的一篇文章。再看几篇文章：《我的幸福，就是看到你的笑》《谁的牵挂谁知道》《注视也是一种温暖》《妈妈，我来保护你》《草还会长出，孩子不会再来》，从这些标题我们完全可以窥见作为母亲的梅霞的牵挂和爱恋，由此都暗暗羡慕女性了，做妈妈真好。

《树梢上的风景》所写内容更为丰富，有生活感悟，有行走笔记，有人生思考。这是从梅霞平时写作的文章中精选出来的，一篇一个视点，境界开阔，角度独到。我们可以从多个侧面了解她的所爱所思所想。这是她的人生体悟，对读到文章的人也会大有裨益。

　　从文章的写作方法来看，梅霞的为文正如她的为人，文如其人是也。梅霞为人不急不躁，为文也优雅、细腻。她以女性独有的敏感和细腻，把生活中点点滴滴的感受娓娓道来，感情也曾翻江倒海，叙述却是流水潺潺。这份优雅来自生活的磨砺，也来自良好的文学修养。

　　梅霞是报刊系统出了名的读书人。她的阅读有广度也有深度。她在传统文化经典中下过笨功夫，背《论语》，背《诗经》，经典是她优美文字的源头。她的文字纯粹、清晰，表达准确生动，不矫饰，不漂浮，字字掷地有声。读她的文章是一种享受。

　　一位女性，做好女儿、妻子、母亲、领导，业余还能写出许多可谓佳作的文字，除了文学的天分，更在勤奋积累。回到开头的话，梅霞在文学上的收获也正应了那句格言：宝剑锋从磨砺出，梅花香自苦寒来。

2016年岁末

目录

1

4

大哥（一）
——他们成了没爸的孩子

在他弟兄三个中，他排行老大；在本家的叔伯弟兄中，他还是排行老大；在一个村的平辈中，他似乎也是年龄最大的。所以，同辈的人见了他，叫他大哥；长辈呢，叫他"他大哥"；一些跟他同龄或者比他小些但辈分比他大的人，甚至也叫他大哥。

他小时候，父亲在西安，先是做盐店的伙计，因为精明能干肯吃苦，人又厚道，后来顶了生意（有了股份），再后来成了掌柜。日本人的一场又一场轰炸，使晋南成了一片焦土。消息传到西安，好多在西安做生意的人都认为自己的家人已经被炸死。狼烟四起，战火弥漫，音讯断绝，河路不通，慢慢地，他父亲就有些灰心，有些绝望，开始浑浑噩噩过活。而黄河这边，他母亲带着他们几个在日伪的欺压下，过着担惊受怕的日子。

　　因为家里没有成年男丁，作为老大，他九岁就跟着村里的大人去给日本人修城壕。他们干活的时候，日本兵就端着枪来回走动着监视。他跟在村里一位大叔身边，连续几天不能休息，他和大叔累得都站不住了。大叔看看身边没有日本人，用眼神示意他坐下来歇一下。他们刚刚坐下来，就听到一阵呜里哇啦的乱叫，几个日本鬼子已经冲到了他们眼前，他们吓得猛地站了起来。大叔对着日本鬼子连连弯腰作揖，嘴里不住地说："太君饶命，太君饶命！"可是，一个鬼子用刺刀猛地穿过大叔的两腿，从大叔裆间用力一挑，把大叔挑了起来。眼前一阵血光四射，等他睁开眼睛时，大叔已经躺在了地上，胸腹被挑开，肠肚流了出来。他吓得浑身哆嗦，眼泪直流。刚才凶煞一般的鬼子冲他笑着，从口袋里掏出一把花花绿绿的糖块来，对他说："小孩的，良民的干活，吃糖，吃糖！"晚上回到家，母亲一把搂住他，放声大哭。他流着泪，看着身边的姐姐和弟弟，说："你们别哭，没事的，日本人对小孩子很好，不会杀我的。看，我这里还有日本人给的糖呢！"晚上，他一闭上眼睛，就看见大叔血淋淋地躺在地上。他用被子把自己紧紧地裹起来，害怕自己筛糠一般的哆嗦惊扰身边的弟弟。

后来，有一个人从西安偷偷跑回来，看到了他们一家，很吃惊，告诉他们说，你们要想办法到西安去，张大（张大掌柜）以为你们都不在人世了，把一切都看淡了，再这样下去，不仅生意要完了，恐怕人都会没有了。母亲找到他父亲的故交，托了好多人，想了好多办法，终于带着他和弟弟辗转去了西安。

　　在西安，他们过了两年舒心一点儿的日子，他甚至还念了两年的完小。又有人从老家来到西安，告诉他们，他奶奶想他们想得快要发疯，每天爬到屋脊上朝着西边的方向喊他和弟弟们的名字。他父亲听了，流下了泪，决定带他们回去。父亲托人在河岸边找了可靠的老乡，老乡晚上用草包子偷偷渡他们过河。行到河中心时，草包子漏了，老乡让他父亲和其他几个男人在河中心的岛上等着，先渡女人和孩子过河，然后再回来接他们。他和母亲弟弟过了河，在父亲相熟的朋友家等待。可是，一直到天亮，都没有等到。又等到第二天，还是没有等到。母亲带着他们几个往回走，走到半路，听说前天晚上河岸上打死了一个人，那个人穿着长袍。母亲一听，就软在了地上。因为那天晚上偷渡的几个人中，只有他父亲一个人穿着长袍。他父亲几个在岛上等老乡来接他们，眼看天亮了也等不到，不敢再等下去——因为天亮了两岸的军队看到河中心岛上有人，会开枪的。他们就下了水准备游过来。他们顺水到了河边，河边上防守的日本人看到他们，让他们举起手来。他父亲因为上岸不方便，用手撩了一下袍子，日本人以为他掏枪，就一阵乱枪将他打死在河岸上。就这样，十一岁的他和六岁的二弟、不到一岁的三弟成了没爸的孩子。

大哥（二）
—— 我一辈子感激你

　　母亲带着他们几个回到了家。父亲死了，西安的生意就什么都没有了，兵荒马乱的，孤儿寡母是没有能力去料理这些后事的。家里的地被别人种了，屋子里的地上倒着一筐玉米穗，那是种了他们家两年地的人给他们的口粮。家里没了顶门户的，谁都怕受他们连累，娘儿几个受尽白眼。过了两个月，母亲对他说："你爸有个朋友在潞村（今运城）开盐店，不如送你去当伙计吧。家里这个样子，吃也吃不饱。"他说："妈，你放心，我是老大，应该出去闯一闯。我会好好听掌柜话的，等我挣了钱，就捎回来给你们买粮食吃，买衣服穿。"

　　就这样，他也像他父亲当年那样，进盐店当了伙计。烧水，扫地，抹桌子，倒尿壶，喂牲口，什么杂活、苦活他都去做。有一天，掌柜半夜起夜，发现账房里有灯光，从门缝往里一瞧，原来他正在练习打盘子。掌柜推门进去，他大吃一惊，赶忙站起来，不知说什么好。掌柜走过去，摸摸他的头，说："张大有你这样的儿子，九泉之下应该能够瞑目了。"从那以后，掌柜留心教他，他也用心学。很快，他就能打一手好算盘，写一手好字。

快要过年了，盐店放假，他辞了掌柜，怀里揣着掌柜给的一点儿工钱，背着个布袋往家走。走啊走，太阳落山了，他又累又饿，还不敢歇下脚休息。为了快点，他就从地里抄小路走。西北风呼呼地吹着，他薄薄的棉衣像纸做的一样没有一点儿暖和劲儿。于是，他拼力让自己跑起来。跑着跑着，他觉得背后有人追，回头一看，身后有一个巨大的黑影。他吓得大叫一声，撒腿就跑。实在跑不动了，他停下来一看，那个黑影还在自己身后。反正也没有力气了，他定睛一看，原来是自己的影子。就这样，他跑跑走走，到天亮终于走到了自己的村口。晨光中，一辆马车哒哒地从官道上跑过来。原来是本村一位在潞村做生意的人也赶回来过年了。看到他灰头土脸的样子，这位连连叹气："如果你走大道，就会碰到我。如果你碰到我，就可以坐我的马车回来了。"

回到家，母亲正在扫院子，看到他，叫了一声，就过来把他连拉带抱弄进了屋。母亲笑着，泪水涟涟的。二弟从被窝里爬出来，在炕上跳着叫着："大哥回来了，大哥回来了！"他从怀里掏出钱来，说："妈，这是我挣的工钱，我们过年可以买肉吃了！"然后，他就倒在了炕上。

连续两年，天大旱，田里几乎颗粒无收。母亲一咬牙，变卖了一些首饰，和另外两家合伙打了一眼井。说好了，他家没有劳力，母亲出大部分的钱，另外两家出一小部分，他们帮他们家浇地。一小眼的井，水车也很小，到天旱的时候，根本浇不过来，于是，那两家就只顾浇他们自个儿的地，根本不管他们。时间一长，母亲觉得这样不行，就和他们讲道理。讲着讲着，怎么也讲不下来，于是打起了官司。一场一场地奔波，打来打去，水井竟然没有了他们家的份儿。输了官司，母亲只有流泪，一迭声说："这日子没法过下去了！"

一天，母亲对他说："家里要来一个人，帮着我操持这个家，你同意吗？"他说："我要见见他。"那人很快就来了，慈眉善目，不像个恶人。他对那人说："我家里就是这个样子，你要是怕受连累，可以不进这个门。你进了这个门，就要好好对我妈，好好对我两个弟弟。对我怎么样都行，给我妈气受，亏待我两个弟弟，我可不答应。"那人点点头，走到墙根拿起斧头，劈起柴火来。

他和弟弟管那人叫叔。叔果然对他们很好，日子慢慢好起来，母亲也不常常流泪了。后来解放了，他也不去盐店了。父亲的去世使他们受了很多苦，家境也没落了，幸运的是，他们被划了个下中农的成分，没有被批斗。他到了婚配的年龄，叔和妈托媒人，为他提说邻村王家的三姑娘。媒人到王家，一说是他们家的孩子，三姑娘就躲到了灶房抹眼泪。公公不是亲的，两个小叔子又小，家里挺困难，明摆着过门就要吃苦。可是，王家的老人说，家里是贫寒了些，可是听说这小伙子人实在，又孝顺，跟着这样的人，我们放心。到了快要结婚的日子，他母亲突然中风，一病不起，瘫在了炕上。他找到王家的三姑娘，说："看来我妈以后是下不了炕了，如果你不愿意，可以让你们家提出退婚。如果你愿意进我们家门，要对我妈好，对我两个弟弟好。我是老大，我不能让他们受屈。"三姑娘抹抹眼泪，点点头。他心里有了底，又说："不过，我们这样的家也有好处，你进了门就能当家。你对我妈和我弟弟好，我一辈子感激你。"

大哥（三）

——他始终跟他的亲人在一起

　　结了婚，第二年生下了一个闺女。这时候，部队上开始
征兵，多子女的家庭，必须有一个人去当兵。叔和妈说：
"让老二去吧，你媳妇刚生了孩子，你走了怎么办？"他说：
"我是老大，还是我去吧。当兵要吃苦，而且，听说福建那
边要打仗，万一上前线有个三长两短，我心里过不去。"

　　就这样，他去了部队。二弟娶了媳妇那年，他媳妇又
生了一个闺女。老二媳妇的娘家人说话了，要叔和妈给他
们分家。分了家，他媳妇带着两个孩子，不能下地挣工
分。媳妇吃不饱，二闺女没有奶水，每天晚上哭得哇哇
的。大闺女身体不好，容易惊风。一惊风，没有钱打针，
好长时间过不去。叔和妈愿意吃他媳妇做的饭，上师范的
老三放假回来，也要到他房里吃他媳妇做的饭。他家的日

子，过得那叫一个难。

他媳妇实在挨不下去了，回娘家借了一些钱，带着孩子上北京找他。他说："家里迟早会遇到这种状况，你又不是不知道，好媳妇的名声都落下了，你还要怎么样？回去吧，好好对妈，好好对叔，他们拉扯我们几个长大，吃了不少苦，不容易，不要让他们老来难。等老三大了，结了婚，等咱们的孩子们大了，日子就好过了。"

后来，他复员了，回到了村上。叔和妈都走了。老三要结婚了，家具、炕围、墙围都要重新油漆。漆匠干完活走的时候，要拿工钱，可是他们没有。他抱着头蹲在院里，愁了一个晚上。后来还是央他媳妇到娘家借了六十块钱，打发走了漆匠。等到老三结完婚，他们打算给老三分家，老三媳妇娘家妈说话了："他大哥，孩子们还小，什么都不懂，饭也不会做，多跟着你们吃一段时间吧。"长兄比父，长嫂比母，他们答应了。

老二孩子少，老三挣工资，他们的光景一天好过一天，他们再也不需要跟着大哥大嫂过日子了。他们说："大哥，家里需要什么你说话。"可是他总是说，不要什么，什么都不要。每到逢年过节，他就会让媳妇，不，应该称老伴了，做好一大桌子菜，把弟弟们都叫过来吃。在他印象中，好像他的两个弟弟总是吃不饱。说来也怪，他的两个弟弟到他们家，也总是一副吃不饱的样子，吃什么都香。就是老三家的孩子，长到快要二十岁了，放假回来到他们家，也总是要先进厨房掀开锅盖看看。

他老了，有一段胃不好，吃了好多药也不见效。老三说："大哥，我带你到城里去看。"他说："不用不用，城里花销大，你们挣那两个工资也宽裕不到哪里。"老三说："我有医疗本，我们的医药费报销哩。"老三带他去看了医生，开了药。医生叮嘱他，这药有副作用，胃不疼了就不要吃了。那药也神，吃了没两天胃就好了。他心里高兴，逢人就说："我老三买的药，就是好。"他看药还有，怕浪费，就把剩下的全吃了，结果导致手脚发麻。他见了老三，就说："你们在外边要注意，公家的便宜不能占。你看，我的药费让你报销，就落下了麻搭。"老三给他小闺女转学，花了三十多元钱请人吃饭，他一定要掏这钱。老三不接他的钱，他硬塞给老三，说："如果我不给你钱，说不定你就要报销。公家的便宜，不能占！"

那一天，老二下午还在巷子里转悠，晚上睡下去一会儿就没有了气息。老二老伴赶紧叫人来时，老二已经去了。他挂着拐杖到老二家里，叫着老二的小名，大哭，哭得一院子的人都落泪了。过了没有多久，他也在一个晚上突然故去。老三回到村里，对村里的干部说应该给大哥开个追悼会。村干部说，不用了吧。那意思是，他没有在村里担任过主要领导职务，没有资格开追悼会。老三坚持说："虽然我大哥是个普通村民，但是我觉得他值得让我们给他开个追悼会。"村委会主任念完悼词，老三扶棺大哭，来参加追悼会的全都哭了。

现在，他和老二躺在同一片墓地里。这片墓地里还有他母亲，从黄河岸边移坟回来的他的父亲，他的叔，还有他早夭的三闺女。他必不是寂寞的，因为他始终跟他的亲人在一起。

大哥（四）
——找大哥去

　　在弟兄三个中，他排行老大；在本家的叔伯弟兄中，他还是排行老大；在一个村的平辈中，他似乎也是年龄最大的。所以，同辈的人见了他，叫他大哥；长辈呢，叫他"他大哥"；一些跟他同龄或者比他小些但辈分比他大的人，甚至也叫他大哥。

　　在生产队的时候，他是队长。出工了，一眼看去，满地里都是他的兄弟。有些年龄小的，打打闹闹，故意跟他捣乱，不好好干活。一会儿这个喊："大哥，他打我！"他就要过去，维持一下秩序。一会儿，又有人喊："大哥，我累了，我赶不上趟了，你帮帮我。"他又要丢下自己的活儿，跑过去帮他的弟弟。慢慢地，他就养成一种习惯，一下地，就黑了脸，一脸凶巴巴的样子。可是，这些自家的兄弟，谁不知道谁呢？有时候，他拉着脸训话，大家都一副害怕的样子。可是他一转身，身后就是一阵大笑。他也不回头，偷偷藏掖着自己的笑容，大步流星离去。

武斗开始了，村里也有了两派，一派叫三三，一派是兵团。大弟弟参加了三三，小弟弟参加了兵团，可苦了他这个当大哥的。只要听说哪里开战了，他就提心吊胆，坐立不安。他不希望哪一派赢，也不愿意哪一派输，因为哪一派的输赢，都关系着他亲兄弟的生死安危。可是，不管他怎么不希望不愿意，事儿还是出了。大弟弟的那一派在一次战斗中失利了，大弟弟做了小弟弟那一派的俘虏。他跑了好多地方，才找到小弟弟，连哄带骂，逼着小弟弟托人，放了大弟弟。大弟弟昏迷着被抬了回来，他一直眼巴巴地守在炕头。大弟弟一睁开眼，他就问："他们打你了没有？"他这个做大哥的，不知道怎么就问了这么个不用问的问题。大弟弟一副无畏的样子，说："没有，谁敢打我？他们一天到晚白面馍夹肉伺候着我，我都吃腻了。"他就又问："那怎么你鞋都找不见了？又怎么一身的伤？"大弟弟就不吭声了，一迭声喊："饿死我了，快给我做饭！"他就用手掩了面，放声大哭："武斗有什么好？都不要参加武斗了。我们从小没有了爹，是一棵蔓上结的苦瓜，我们兄弟们要好好相待，一辈子都不要再吵架、打架。"打那以后，两个弟弟都不参加派别斗争了，而且两个弟弟的感情越来越好。

　　他在部队上的时候，学了一手好厨艺。村里人谁家有红白喜事，只要喊一声大哥，他就提了菜刀过去帮忙。别的像他这种排行较大的人，不是在礼房里帮忙，就是接待接待亲戚，既轻松又有面子，可是他总是在厨房里。厨房里烟熏火燎，每每做好席面，他就没有胃口了，什么也不想吃。那时候不像现在，大厨师有工钱或者红包。他得到的报酬是，几块点心，或者几块红花肉。但是他从来没有怨言。有本家的一个兄弟盖房子，他满满当当给做了半个月的饭，累得每天回家就躺在炕上起不来。可是，房子盖不完，他绝不会提出换厨师。

　　小时候家里光景好的时候，他读过几年的书，所以，他能写会算，算是村里的半个秀才。写家信，写对联，分家，分地，村里人都来找他。后来，他做了村里的民调员，就更忙碌了。要么不回来，回来了也是屁股后面一大帮人。两兄弟打架，儿子不赡养老人，小两口闹离婚，东家的牲口啃了西家的青苗，两邻家因为盖墙争执，总之，不管是西瓜大的事情，还是芝麻大的事情，都来找他。家里常常坐满了一脸怒气满口怨言的人，甚至于就在他家里脸红脖子粗。这时候，《三侠五义》也好，《说岳全传》也罢，《墙头计》也好，《三娘教子》也罢，他搬出他肚子里的古经，连比带画，连说带骂，总要叫来的人把一肚子的火气泄了，听他来调解。所以，那年月，村里流行一句话：找大哥去。好像大哥就是衙门，就是能主公道的包公。

他秉性仁厚，可是也有气冲牛斗的时候。他当队长时，有一年分红薯，顾虑到可能要有话说（即口舌、争执），他就和其他几个小队干部，把地里所有的红薯平均分成若干堆，编上号，每家抽一个号，抽到哪一堆就是哪一堆。可是，有一个女人偏不要她抽的那堆，而且捣嘴磨牙，非要说她分到的那堆红薯最不好。一番劝说没有效果，女人指挥她的几个儿女，强行把别人的一堆装上小平车。他一看，火噌地就上了头，抄起小平车的车把，把车子倒了个底朝天。这下可捅了马蜂窝。这女人是村里有名的麻丝缠簸箕，跟他较上了劲儿，看见他的影子就开骂，而且，什么难听骂什么，什么话伤人骂什么。他没有儿子，有四个闺女，三闺女有一年去地里打猪草，被拖拉机轧了，夭折了。这女人看见他，或者看见他满心伤痛的家里人，就扯长声儿喊："我的雪白带把儿的俊儿呀，你到路上去，让拖拉机把你碾死。"伤口上撒盐，他家里人受够了这种折磨，但是因为他是干部，没有办法跟人家吵闹。过了两年，一天，这刁蛮女人要坐拖拉机去外村看戏，她的小儿子咬了一嘴的干馍，哭着追着要去，当场噎死在拖拉机跟前。村里人都说，这是不积口德的报应，大哥大嫂如今该出口气了。可是，他拿了白纸，去这家里帮忙发落孩子，一句话也没有说。村里人问他为什么不叽叽叽叽这恶女人。他说："人生死有命，跟善恶没有太大关系。再说，她这会儿已经伤心得不行了，我们不能做这种落井下石的事儿。"后来，只要他家里有事，这女人一家都去帮忙，仿佛以前没有发生过什么一样。

他心底柔软，可是做起事来很"呆"，用今天的话说，就是很"讲原则"。他做大队干部时，因为讲原则，得罪了一婆娘。这婆娘论辈分儿他还应该叫她"婶"。因为他没有儿子，他这恶婶婶就叫上四个儿子，站在身边壮胆，当街将他一番狠骂。可怜他一大男人，当众受辱，竟无可奈何。他的女人知道后，心中那个痛呀，逼着他发誓，永远不要跟这恶婶婶一家来往。可是，事过后不久，半夜，这恶婆娘的女儿来叫门了，一口一个"大哥"。他想起来开门，手臂被身边的女人死死攥住，动弹不得。后来，他挣脱了女人的手，起来开了门，跟那女儿走了。原来。这姑娘在剧团上唱戏，恋爱了一个城里的小伙子，小伙子家里要帮她办农转非，急着开证明，而他就是村里管开证明盖公章的。办完这件事，他的女人几天都不跟他说话。可是他说，一个村里的女孩儿，嫁到城里去，办成城里户口，是多不容易的事儿，我做大哥的，怎么能因为私怨耽误她呢？

慢慢地，他老了，身体也不好，什么事也做不了了，连对联儿也写不了了（现在人们大都是在集市上买春联）。可是，他还是喜欢让孩子每年都给他买一本老皇历，买一本能钉在墙上的日历。他还坚持看天气预报，坚持看新闻。每天早上，他早早就坐到了大门口。上工的人路过，都会问：大哥，有雨没有？大哥，这地该不该浇呀？什么时候点瓜，什么时候种豆，大家还是喜欢来问他。晚上收工回来，他家门口就围满了侃大山的人。家长里短，蒲剧眉户，粮棉价格，大家会滔滔不绝，只聊到月明星稀。

他故去已经满满四年了。今天我去看他，我想我会大哭一场的，可是，一路看去，地气升腾，禾苗茁壮，蜂飞蝶舞，鸟鸣虫嘶，一切是如此清明，如此恬静，我没有任何想要流泪的情绪。他的坟头松柏翁郁，绿草茵茵。四年了，我们姊妹几个第一次在他的坟前轻松谈笑。我深信他已经化在了他生长的这块土地里，正在某一朵花上，某一片叶上，某一棵草上，对我们微笑。

爷爷

爷爷故去好多年了，她常常会突然想起老人家来。

特别是遇到不公，遇到挫折，遇到一些过不去的坎儿时。

那是她几岁时候的事了？她想不起来。但总归是很小很小的，不谙世事的时候。

那时候，父母在外地工作，把她寄托在爷爷家里。奶奶瘫在床上，爷爷要照顾她和奶奶一老一小两个人。

年幼就是有年幼的好处啊。那样艰苦的岁月，那样难熬的岁月，那样颠倒错乱的岁月，她心里没有留下一点儿深刻的记忆。

她只记得她特别贪玩。整天就知道玩。而爷爷也总会给她一些好玩的东西。几个磨得光溜溜的石子儿，几个碎花布缝的沙包，一截废洋车带裁的猴皮筋，甚至只有男孩子才玩的木头枪和洋铁丝扭成的弹弓……她的爷爷总是毫无怨言地满足她玩的兴趣，给她制造她想要的各种各样的玩具。

她依稀记得，有一段时间，爷爷总是带她出去游门（方言，出门逛的意思）。

大喇叭里只要一喊爷爷的名字，爷爷就会把她的那些玩具装在口袋里，牵着她的手，对床上的人也对她说："走喽，我们游门去了！"然后到外边的窗台上，拿起一个高高的白纸帽子，走出院门，戴在头上，走向大队的戏台。

爷爷和她总是最先到的。然后，人越来越多。台上站满了人，台下也站满了人。台上的人都和爷爷一样，戴着高高的白纸帽子。像有几千只麻雀同时在叫，她听不到台下的人在嘟囔些什么。第一次，她怯怯地问爷爷："你站在这里干什么？"爷爷说："我们在表演节目，你不懂，大了你就懂了。你尽管玩你的去吧，不要打扰我们好吗？"

她看看爷爷，爷爷深深的眼睛里含满了笑。她怎么能不听爷爷的话呢？于是她跑开了，到边上、到台下或者到场外去玩她的。偶尔她会向台上张望，每次，她的目光总会和爷爷笑吟吟的目光碰上，于是她又放心地去玩。直到"节目演完"，爷爷走过来，收拾起她的玩具，牵着她的手说："我们回家吃饭喽！"

进了院门，爷爷会认真地把白纸帽子放到窗台上，然后进屋说："我们游门回来了，一会儿就吃饭！"

这样的日子越来越多，甚至有时候，爷爷还带她到公社去"游门"。

她一天天长大，要上小学了。

开学第一天，老师问："我们很快要演节目，你们谁敢上台表演?"

"我!"她踮起脚，把小手举得高高，生怕老师看不到自己。

"哦，你的胆子好大。你不害怕吗?"

"怕什么? 以前我经常跟我爷爷上台演节目，有时还到公社去演。"她自豪地说。

"你们演的是什么节目?"老师很感兴趣地问。

"嗯……我也不知道。我爷爷戴的是白帽子，就是这样的……"她用手比画着。她比画的帽子，比她的个头还要高。

她看到年轻的女老师好看的眼睛里湿了，又亮了，亮晶晶的，像有两颗带着露水的星星要跌落下来。

"你算一个!"老师拍拍她的头。她觉得老师的手好暖、好软。

从那以后，班里的集体活动，表演节目、大合唱、武术比赛……没有一次没有她。而她，也从来没有怯过场。临到胆怯的时候，她总是想：这算什么，我和爷爷演节目那会儿，比这场面大多了！

小时候的事情慢慢远去，就像村口那条小河里的水，不知道流到哪里去了。

她一天天地长大起来。

有一天，她看电影，看小说，忽然看到那样的场景，跟她小时候和爷爷演节目的情景非常相像。不同的是，这些场景暴力，惨烈，喧嚣，杂乱，令人不堪忍受。她的心，骤然痛起来。

她明白爷爷演的是什么节目了。只不过爷爷的为人很好，而他们村也比较偏远，那里的群众没有用那么激烈的方式来对待爷爷。

爷爷用他自己的方式，呵护了畸零的奶奶和童稚的她，让她度过了没有忧愁和苦闷的童年。

走过那么多风雨，至今仍葆有一颗健康的、乐观的、不知道仇恨和绝望的心，她多么感谢爷爷给她的无言的教诲啊。

爷爷保护了她的童年，也保护了她的一生。

父　亲

　　母亲说，生我时已是第四胎，抱极大的愿望希望我是男孩，结果仍然因少那么一点儿而大失所望。先前三个姐姐月子里，都不曾得到父亲的垂爱，偏偏这多头的一个我，父亲当天就趴在跟前看了又看，亲了又亲。不知是父亲年龄大了爱心加重，还是以此举来宽慰母亲，抑或是我们父女有某种心灵上的相通，总之，母亲说，父亲跟我最亲。不爱说话常虎着脸的父亲跟我有话说，对我有笑脸。

　　女友们谈到父亲，多以没挨过父亲打为骄傲，而我这个受宠的老生女却挨过父亲不止一次的打。一次是我小时生病不吃药，一家人围着哇哇哭的我一筹莫展。父亲急了，把我抱在怀里，用一根筷子别进了我的齿间。我越发凶，药汤喷了父亲一身，差点气绝。但最终，倔强的我还是投降了。自那以后，我每到生病就乖乖吃药。

第二次便有印象了。野惯了的我过了上学的年龄，还没有去学校的意思，父亲把我送到校门口，我一转身就抱着他的腿不撒手。父亲火起，扬起手就揍我。我一看父亲真心打我，赶紧鸣锣收兵，抽泣着抱着板凳进了校门。

第三次是因为我嫌用自制的煤油灯不风光，缠着母亲要买罩子灯引起的"家庭纠纷"……

在我的记忆中，有被角边经常被父亲悄悄放上的糖果，也有从小学到师范，父亲一直为我包书皮的影子，但我常常更感激父亲这三次的严厉：一个人生病怎能不吃药？到了受教育的年龄怎能不入学？特别是第三次，它告诉我，在艰苦的日子里，亲人们该怎样体贴入微，患难与共。

因家境贫寒，初中毕业后，我收起了自小儿的梦想，用一张通知书改写了自己的人生之路。但是，那收起的梦就像珍藏的一个爱了多年但没得到的情人的照片一样，每次翻检都会黯然伤神。父亲自然理解他的小女儿，总是觉得对不起我。后来，当深造的机会出人意料地到来时，我没回去，只写信告诉父亲：我要考试，我不能第二次失去机会。几天后父亲拐着病腿赶到学校放下了五十元钱。他没说一句关于考试的话，但我知道父亲想说的一切。看着那钱，我落泪了。

来到师大后，父亲来看我了，腿越发瘸，人越发胖，头上脸上新添了白发和老年斑。当我搀着父亲看遍了图书馆、餐厅、教室、操场后，有人对我说："我真服了你！要是我，我可不好意思！"我盯着她，少顷明白了。她的意思不外乎是说我的父亲是个又老又土的农民。我平静地看着她，却在她脸上找不出一丝愧色来。我没有话对她说，心里却想：你可以藐视我，但绝不可以藐视我的父亲。就像你可以藐视大树，却绝不可以藐视大树赖于生长的土地一样。

和父亲通信很勤，父亲来信，谈稼穑，谈巷事，谈小侄女新添了牙，却绝不会谈他的病，他的晕倒，他的想我，至多在信末添一句：你母近来常梦见你。纸短情长，常令我泪湿墨迹。我去信，谈新近胖了，学习成绩上去了，发表文章了，却闭口不谈单独面对世界的那份孤独、痛苦与无助！我常想，和生养了我们的父辈比起来，我们应该为我们的软弱而羞愧！父亲，父亲，我是你心头的一块肉，而你却是我灵魂深处的一盏灯啊！

进　城

　　那是个初夏的中午，日光晴好，高大的苦楝树、枣树、泡桐树在院子里投下巨大的阴影。院心的一颗矮矮墩墩的石榴树，灼灼地开满了花儿。院里的小径边，立满了开着白的、粉的、红的、紫的花朵的蜀葵。她和几个小姑娘在院子里玩耍。她们把蜀葵的花朵撕成一瓣一瓣的，贴在鼻子上，做大公鸡的样子；又把石榴的花儿摘下来，穿成一串一串的，挂在脖子上，像骄傲的公主；还数着苦楝树掉落的叶子上的小叶脉，算谁的运气好……总之，她们总是有许多不断重复又乐此不疲的游戏，只要她们愿意。

　　他从房里走出来，边推自行车边问她："我要去城里，你去不去？"她一听，立马扔下别的小姑娘，说："我去！"然后爬上他的自行车后座，跟他出了门。在她心目中，城里是很大很大的地方，有很多很多好吃的，她几乎都没有去过，所以，她当然非常想去。

　　没有用多长时间，他们就到了城里。她看到了很多撺起来的房子，很多条黑油油好像还冒着热气的马路，很多的人都骑着自行车来来往往。她还看到了门口贴着大相片的房子，她知道，那是照相馆。去年她照过一张相，那是在她家里住的下乡的叔叔给她照的。当时她不懂得照相是干什么，很紧张，洗出来的相片上，她头发乱糟糟的，参着两只手，一副傻乎乎的样子。她想，如果今天再照一张，她一定不会害怕，一定能照好。可是，她知道他不可能带她进照相馆，就不吭气了。她还看到了贴着大海报的电影院。电影院的门口有很多很多的台阶，看起来很气派。电影院里是不是很漂亮呢？那里面有多少椅子呢？她很想知道，可是她没有问他。最后，她的目光落在马路边——有人在卖汽水，那红色、绿色、黄色的汽水被盛在一个个玻璃杯里，玻璃杯的上面还盖着玻璃片；有人在卖火烧和凉粉，那火烧烤得焦黄焦黄的，那凉粉白生生的，上面还浇着芝麻酱；有人在卖绿豆糕，切成三角状的绿豆糕里面还有一块一块的枣肉……她使劲地咽着唾沫，觉得自己的口水都要流出来了。她多么希望他停下来，哪怕是给她买一杯两分钱的汽水也好啊。可是，他看都没有看这些东西，只顾踏着自行车往前骑。

　　最后，他们来到一个很大很大的院子，里面的房子一间套一间的，里面的人都穿得干干净净整整齐齐。他带她来到其中的一间房子里，她看到了那个曾经在他们家住过的叔叔。叔叔摸了摸她的小辫，说："长这么高了？"然后，叔叔倒了一大洋瓷缸子水，又从抽屉里的纸袋里舀了两大勺子白糖，放进缸子里搅了搅，递过来。没有等她伸出手，他就接过了缸子，说："不渴，不渴！"他把缸子放到了桌子上。叔叔又问："吃饭了吗？"没有等她说话，他就说："吃了，吃了，刚刚吃过。"叔叔从墙上挂的背包里掏出一个大苹果，说："来，给娃吃这个。"他急忙伸手挡在叔叔跟她之间，说："家里有，家里有！"她看了看他，不知道他怎么这么会骗人。吃苹果，那可能都是去年的事了，家里哪里有什么苹果！她跑了出去，坐在房子外的一块大石头上，默默地等他。

过了不知多长时间，他和那个叔叔出来了。叔叔一边把她抱上自行车，一边说："真是长大了，好乖呀！"就这样，她跟着他又回到了村里。

小伙伴见了她，问："城里好吗？"她翻着眼睛说："当然好了，有汽水喝，有凉粉和绿豆糕吃，还有照相馆和电影院……"小伙伴羡慕地说："下次你们再去，也带上我吧？"她说："好啊，下次去的时候，我一定叫你！"

可是她心里说："我再也不跟他去城里了，自行车把屁股都磨疼了，还夹了脚，连一口白糖水都没有喝到！"

后来跟大人到别人家去，不等他们说话，她就会像他那样说那些骗人的话："吃过了！""家里有！""我不爱吃！"每次这样说的时候，她都会得到表扬："真乖！"好久她都弄不明白，为什么骗人还会被人夸乖？

宠　爱

　　一天晚上，她想起他，突然泪流满面。

　　她想起的是，他宠她的那些永远不能称为往事的事情。

　　过年那几天，是她一年中最兴奋的时候。

　　那时候，厨房是很小的一间土坯房，靠着院子的西墙根。从那里面飘出来的香味儿，勾着她的魂，让她哪里也不愿去。

　　先是蒸馍，白白暄暄的馍馍，要蒸两锅。她喜欢看他揉馍。他两只手各揉一个，手腕转动得飞快，让她看得眼花缭乱。不一会儿，他就能揉出一大片来。他揉出来的馍馍摆在案板上，圆圆鼓鼓，整整齐齐，一模一样。她看得惊讶，也忍不住去学。可是，她使了浑身的劲儿，也没有办法把一个馍馍揉得光溜溜的。他笑了，就住了手，手把手教她怎样用右手揉，用左手收缝儿，把馍缝儿一点儿一点儿往手掌心的地方收，慢慢地滚成一个浑圆的球。她执拗地说："我不要这样，这样太慢，我要像你那样，一只手揉一个，一下子可以同时揉成两个。"他就笑了："不会走，还想学跑？"母亲和姐姐们都嫌她碍事儿，要赶她走，可是他不说话，只是笑。于是，她就有资格继续赖在案板前玩。

蒸好馍是煮肉。虽然只有很少的几斤肉，可是他要收拾大半天。当她看到热腾腾的肉从锅里捞出来时，口水都要流出来了。他把肉切成整齐的一块块，很少的一点儿瘦肉收起来，然后把大肥肉摆在一张大箅子上，再在肉皮上涂抹上蜂蜜。立刻，那些大肥肉变得晶亮细腻，好看极了。她叫他一声，声音里充满了委屈的味道。他笑着，用铁钩子勾一块麻雀大小的肉，放到她的手上。她拿着这块肉，笑嘻嘻地跑出大门，在巷子里津津有味地吃大半天。吃完了，她抹抹嘴，抹抹手，又跑回来，再叫他一声。他又勾起一块来，放到她手上。她飞快地跑出来，又坐在门墩上吃起来。门外的小伙伴看得眼珠子都要掉出来，问她："你们家买了好多肉吧？"她不说话，使劲儿地咂着嘴，顺便点一下头。有的耐不住了，也跑回家。不一会儿，从他们家就传出了他的哭声——看来是在斗争。再过一会儿他挂着泪花出来的时候，手里只是举着一根大骨头。那大骨头看起来威风凛凛，可是几乎是光溜溜的，看不到肉丝儿，最多只有一点儿肉筋。那时候一年四季很少能吃到肉，为过年买的一点儿肉，不到初一，不到有客人来，哪里舍得吃啊。可是，她小时候，硬是把肉吃伤了。后来有几年，她一口肉都不吃。

蒸完馍煮好肉，一家人累得东倒西歪。他躺在炕上，呼呼大睡。母亲给她递眼色："你不饿吗？让他做饭！"她当然不饿了，只顾玩，不搭理母亲。母亲几次三番催她，她就跑到炕沿跟前，双手摇着他的脚，长声喊："我要饿死了，我要吃你做的饭！"听她这么喊，他就起来到厨房里去。一会儿，一大锅肉泡馍就做好了。平时他几乎不做饭，有时候下雨的时候不出工，母亲偶尔想睡个懒觉，就指使她喊他做饭。她也是这样子哄他。他擀的面条薄薄的，切得细细长长的，调上韭菜葱花，白绿相间，既好看又好吃。母亲说，这个家里，也只有她能使唤动他。

正月里经常有亲戚来，有时候碰好了，就会有点心吃。晚上，母亲在油灯下打开点心盒，一人一块给他们分。她手里拿着自己的一块，然后眼巴巴地看着他："你不喜欢吃甜的，对吧？"他笑笑，把自己的一块放到她手上。有时候有一些花生、糖块什么的，也是这样分，她也是这样得到两份。有时候也有例外。她问："你不爱吃，对吧？"他说："谁说我不爱吃？我可爱吃了，把你那份也给我吃，好不好？"她失望极了，使劲把自己的一份递到他面前："给你吃，全给你吃了，我不要了！"他笑笑，不接她手里的东西，说："小气包，我们还是各吃各的吧！"她盯着他，看他如何吃下他的一份。可是他偏不吃，说："这会儿我不想吃，我要留着以后想吃的时候吃。"过了几天，有一天她早上醒来，突然发现被窝口多了一份一模一样的好吃的，立马开心得不得了——她才明白，他不是真的舍不得给她吃，而是给她留着让她多吃一顿。

后来她长大了，不知道该怎样把心掏给一个人，好让他来爱自己。有一天从梦中醒来，她突然大彻大悟：这个人不知道自己喜欢吃什么，从来不留好吃的给自己，从来没有像他那样尽己所能满足她的要求。她想，他那样宠我，不想我受丁点儿委屈，我为什么要为一个可以不相干的人折磨我呢？他如果知道了，一定会心疼坏的。从那一天起，她轻轻松松地放下了那个人。

戏

"哈哈，薛家的威风又来了……"

那时候的夜，似乎比现在长；那时候的天，似乎比现在高。等到门前乘凉的人一点儿一点儿散尽，他就扯一张凉席在院子里躺下。她自然也在屋子里待不住，来到凉席上，蜷缩在他身边。他刚才在门前说戏的兴致还在，就用不太高的声音有滋有味地唱起来。

"我掠须抖衣把城来进，回想起当年事一宗：薛刚贪杯他太任性，打死那张台之子祸事生。我不忍绝了忠良后，才求夫人舍子断门庭。到如今整整十三载，为报仇除奸我坐卧不安宁。喜的今日搬得大兵到，我喜在眉头，哈哈哈……我笑在心中……此番上殿我把本动，一本一本上龙廷。他若准了我的本，唐室江山得安宁。他若不准我的本，午门外、紫禁城，九龙殿，乾清宫，定要杀杀杀杀……杀他一个乱哄哄……"

　　她一边听，一边惊诧他的记忆力。她不明白，那么长那么长的戏文，他怎么会记得那么清楚明白。他的嗓音不是那么高亢嘹亮，可是曲调唱得特别准。就在日复一日听他唱戏的过程中，她了解了很多戏的内容：《薛刚反唐》《赵氏孤儿》《麟骨床》《打金枝》《杀狗劝妻》《挂画》《表花》《芦花》《窦娥冤》……就这样，她也爱上了看戏。

　　看戏可不是一件容易的事。有时候他骑自行车带着她，跑很远的路到外村去看。看完戏回来已经很晚，他兴致勃勃边骑边唱，她听着听着，就趴在车头上睡着了。等他回到家门口叫她下车的时候，她的两脚已经发麻了。

　　有时候本村也唱戏，提前好几天，她就和姐姐们把家里的大凳子小凳子搬到戏台下占地方。为了避免别人抢位置，她们还在戏台下刨几个小坑，把凳子腿埋进去固定住。等到正式唱戏前，他会把她姥爷从舅舅家接过来看戏。戏开始前，戏台下人声鼎沸。爹呼娘喊，儿哭女叫。他把她姥爷安顿坐好，到场子边上的羊肉泡馍摊上热腾腾地端一碗过来，或者夹两个火烧，或者炒一碗凉粉……姐姐们大了，不好意思，她却用双眼巴巴地看着。于是，姥爷自然会分一些吃的给她。戏开始演了，戏台边趴满了一个个小鬼。于是，前面的人开始站起来，两边的也往中间挤。后面的人有的大声叫骂，有的用一根长竿子从前面人的头顶上扩扫过去。前面的人赶紧坐下来，不一会儿又站起来一大片。于是，后面的人有的站在了凳子上，有的往前面挤。这时候，他就会把她架起来，让她坐到他的肩膀上。母亲说她小，看不了多久就瞌睡了，要领她回家，她怎么也不肯。不过，确实也是，每场她都能眼睛一眨不眨看到底。戏里哪个角儿唱得好，哪个角儿帽翅功好，哪个角儿水袖甩得好，第二天，她居然能一五一十讲给母亲听。有的时候，她还能背下来一段一段的戏词。家里人都不在的时候，她就偷偷把枕头手巾（枕巾）绑在两只手腕上，学着旦角的样子在炕上走碎步甩水袖。

他不光爱看戏，爱听戏，还爱说戏。夏天的晚上，人们吃完馍，陆陆续续往她家门前来。每来一个人，母亲就叫她回家搬一张板凳。人越来越多，家里的板凳都搬光了，有的人就把鞋脱下来坐在鞋上。这时候，他就开始给人们讲戏里的事情，讲十三红张庆奎，讲阎逢春，讲八岁红王秀兰成名的过程。有人如果说自己家的烦心事，他就会用戏里的故事开导他。有的媳妇对婆婆不好，他就讲《杀狗劝妻》；有的后妈折磨孩子，他就讲《芦花》；有的弟兄几个谁都不愿意赡养老人，他就讲《墙头记》……后来，村里的干部看他说的话人都愿意听，就让他做了"民调"（村里的调解员）。

她快要上小学的时候，村里发生了很大的变化。土地包产到户了，有些村里人觉得干完自己家的农活，还有使不完的劲儿，就结合起来，买了二胡、唢呐、锣鼓，要做"乐人""走事"（为红白喜事演出）挣钱。可是，这些庄稼人到哪里去找排练用的剧本呢？他们找到了他们家。于是，他利用下雨天或者晚上，用她的作业本，一句一句地为他们默写戏词。没有人比他记得更完整了。不管是本戏还是折子戏，都难不住他。他们队里的乐人班子成立得早，能唱的戏多，很快就红了起来。

就在听他唱戏、说戏，跟他一起看戏的过程中，忠义仁勇、贤愚孝忤的种子悄悄地落在了她的心里。那些或优美或粗犷的戏文，也让她对语言有了强烈的敏感和热爱。

现在每到"蒲乡红"电视节目开始的时候，她都想打一个电话给他，让他打开电视机收看。可是，他再也不会接她的电话了。当然，他也不知道，现在经常赞助"蒲乡红"节目的，就是她哥哥的公司。

在他故去整三年的这一天，他哥哥的公司送了一台戏，所有的演员都是"蒲乡红"节目的擂主。那天天气奇热，擂主们穿着厚厚的戏服，站在烈日下的戏台上，朝着西方，字正腔圆地唱着。好多和他年龄差不多的老人坐在戏台下面，撑着伞，一直看到结束。

她想，不知道他看到了没有，听到了没有。

唱给父亲的歌

　　落霞满天时凝眸于你石雕般的脸庞，我惊诧于我的发现了——

　　爸爸，你老了，老了！

　　似乎还是昨日，站在自行车后座上，双手搂住你的脖子，任你硬刷刷的黑发扎着我的下巴颏儿，随风抛洒出一串风铃般清脆的笑声。这笑声穿越长长的时间隧道，凝成了两滴泪，沉沉地挂在我的眼睫上。

　　时间是怎么过去的？

　　——夏夜里银河横过院子的上空，苦楝和梧桐在脚前投下巨大的阴影。我趴在你的膝上，时间莫非就从你手中轻轻摇着的蒲扇下悄悄流过？

　　——春去秋来，秋去春来，你在地里撒下种子，又把它们一一收割。那时日流成小河的汗水，莫不是就已在偷偷地褪洗着你眉发上的颜色？

——用一辆破旧的自行车，奔波在乡野村头坑坑洼洼的小路上；将一盏油灯，挑尽在你那简陋的小店里。莫非这时，时间已从容地支取了它储存在你体内的年轻的财富？

只是知道你老了，而我大了。我的短发变成了长辫，身体像九月低垂在树梢的果实一样饱满鲜活。而你却像将冬的树木颓尽枝叶一样，孤独地立在萧瑟的迟暮之中。

一如既往地叫着我的乳名，往我的手中递上一瓶启开了的罐头……我依旧是那个受宠的孩子，你依旧是那个以付出获得幸福的父亲。

曾有过一个单纯的愿望：你扶我走过了久久长长的风雨路途，我只求有一日，能搀着你的手，在微风习习中伴你走过残阳如血的日暮时分。跋涉了多少年才知道，你的目光从我出生之日起就已突兀成山，翻过一个山头，还有一个山头。在你眷眷之心铺成的路上，我只有前行，没有归途。

忘不了那一天你晕倒醒来后那令人心颤的目光。父亲，不要流泪。二十余年没有见过泪水冲破你眼睑的重围，这时节我如何承受得了？上天给你一生辛劳唯一的报酬，便是你引以为荣的女儿。她已不再需要你的搀扶——如果你因从此后双臂无力而落泪的话。

用手拭去你腮边的泪，那一刻我长大了，心头沉甸甸地装满了一个女儿的责任感。而你这时，就像一个小小的孩子，一如当年从黑夜里逃回家门的那个需要抚慰的我。

第一次梦见了你

爸爸，8月31日晚上，我让萱萱单独一个人睡一个房间，他说他害怕，他说他最近总是想到死这个问题。他说他不愿意死，因为人死了以后就会变成一堆土，就会变成一个骨灰盒，那多可怕呀。他想永远活着，想让大家都永远活着，快快乐乐地活着。我感到悲哀，为我的儿子这么小就考虑这么沉重的问题而悲哀。我告诉他，死是很遥远的事，人老了以后才可能死，而他还很小。可他说，他一天天长大，就一天天接近死亡。他边说边哭，弄得我不知所措。他说他幸福而不快乐，只有用电视和电脑麻痹自己。他甚至说，他知道光明一定能战胜黑暗，可是他不知道点燃他心中光明的灯在哪里。

爸爸，就在这天夜里，我第一次梦见了你。确切地说，是你走后我第一次梦见了你。我算了一下，是你走后的第二十九天。爸爸，我不知道，这之间有什么因果联系，我只知道，在这之前的二十八天里，我天天晚上睡觉前都想着是不是会梦见你，都想着应该能梦见你，梦见你给你最钟爱的小女儿说句你到最后都没有说出的话。

那天晚上我赶到医院的时候，你就睁大着双眼人事不省。你没有跟我说一句话，跟任何人也没有留下一句遗言。我认定你会醒来的，哪怕是一句话，你都会拼全力留给你的亲人的。可是你没有，自始至终，在你发病到殁后的四个小时里，你就是一直没有说一句话。我听到过回光返照的说法，我不愿想到这一点儿，可是我已经想到了。尽管我怎么也不情愿，但是我想应该出现这一刻，这样就有机会听到你说句什么。可是，我看到你在最后关头把头转了一下，转向了我的姑姑一边。是我把你的双眼轻轻阖上的。爸爸，难道你最后关头留恋的不是你的孩子们，不是你的未亡人，而是你的非一母同胞的姐姐吗？爸爸，是不是你情感上渴望的安全感、温暖、依靠，我们都没有给予你！尽管你没有说一句话，但是你这个动作，深深地打击了我！爸爸，其实你早就像一个小孩子了，可是我还没有长大，没有长大到把父亲当儿子一样呵护的阶段。在你老且病的阶段，除了医院、药物、零食，我没有把最宝贵的时间给你，来陪伴你。

在此以后的二十八天里，我天天晚上都想梦见你，梦见你给我说点儿什么，或者我给你说点儿什么，或者我们父女之间说点儿什么。我知道，你一直都愿意跟你的小女儿说话，尽管说的都是些陈年旧事，可你每次说起来都很动情。每当你说起来，母亲总会打断你，认为都是陈谷子烂芝麻。有好多次我想，等我有时间了，好好在家里住几天，把你讲的事都记下来。我觉得那都是宝贵的历史，引人入胜的传奇。还有你肚子里讲不完的民间传说、机智故事、智力趣题。我敏锐地意识到这些乡土文化如不及时抢救，就会很快消亡。可是，我总觉得有你，我的爸爸，我总会有时间整理这些的。可是我没有想到，你这么快就会走！

在你走后的二十八天里，我一直没有梦见你！是通往天国的路太长吗？你还在疲惫的途中，没有时间托梦给我！可是姐姐们都已经梦见你了！是你在责怪我吗？我一直没有好好地伺候过你！不，你从来没有说过我一句不是，我一直是你最亲的孩子！是我每天都把自己安排得很紧，到了夜里就没有精力再做梦吗？其实我是不能也不敢想起你的，因为我不能、不敢面对的拷问太多了！

可是，就在昨晚，我梦见你了。我梦见你躺在炕上，大姐坐在你的头前，二姐站在地下，手里端着一碗饭。我站在一边，只是看着。爸爸，这一场景分明不是梦！除了九年前那次你脑出血住院，我衣不解带地伺候过你，在最近几年间，我几乎没有给你做过一次饭，端过一碗汤，甚至于我的爱人都大小便照顾过你，可是我没有。没有人意识到这一点儿，没有人认为这有什么不正常，因为我总是很忙，因为我总是很累，因为我总是不在身边！

在你走后的第二十九天夜里，我梦见了你。因为睡前儿子一直在哭。也许你的离去让他受到了刺激，也许你的遗容让他受到了惊吓，他对死亡充满了莫名的恐惧。他开始责怪我，说我很少在家，说我总是关心别人，从来不关心自己的儿子是否快乐。爸爸，一脉相连，骨肉至亲，有谁比你们俩更亲？儿子抱怨我了，我给予儿子的，远远要比你多得多，可是你从来就没有抱怨过我！爸爸，父爱如天，无私覆我；父爱如地，无私载我！覆我载我，宽我宥我！想起这些，真是泪有千行，肠皆寸断！

爸爸，无数次端详你的照片，总觉得你没有离去，总觉得你不可能离去。甚至于忍不住伸出手去，想触摸你的笑容，可是摸到的，只是冰凉的镜框。尽管我披麻戴孝把你送了去，尽管我泪雨滂沱把你送了去，从地里回来，我还是不能肯定你已经去了。家里的炕上，怎么可能再没有你在躺？门前的椅子上，怎么可能再没有你在坐？再买回你喜爱的东西，怎么可能你就不再能吃？再有了一些小小的成绩和骄傲，怎么可能就无法让你知晓？

爸爸，我一直不敢想，如果不是我出差，如果不是我把母亲接到我家给我照顾孩子，如果不是我把你送到城里，如果不是我打电话问你晚上是否喝酸奶，你是不是会走？我不能问任何人这个问题，也没有任何人能回答我。不管答案是怎样的，事实已经是这样的了。爸爸，我送你到城里那天，我跟你开玩笑，说妈妈到我家要停到年底，你说你等不到年底了，你说只要打电话我就回去给你送终。爸爸，我当时还笑着跟你开玩笑，哪里想得到就能够一语成谶！爸爸，你是有预感吗？我怎么就没有好好想想这一切！我怎么能想到这会变成残酷的现实——真的是，那就成了我们父女，你们夫妻最后的一面！再见的时候，你已经是在黄泉路上挣扎，不能跟我们说一句话了。我抚着你的头，我擦着你嘴边的血迹，我攥着你的手，我一遍遍对你说："爸，爸，我们都回来了，你能听到吗？爸，爸，你坚持住，你坚持住，你会没事的！你生过好几次病，可是你都挺过来了！这次也会没事的。"可是，我说的这些，你都听不到了。我知道你不想离去，我知道你害怕疼痛，没有人能帮你，没有人能替你！你的四肢冰凉，可是你的胸口滚烫，我知道你一定痛苦极了！可是爸爸，生也柔脆，死也枯槁，无人可以改变！

爸爸，我还不敢想，我那次在家里住了一晚。因为事情多，我今年就在家住了一晚。晚上，妈妈叫我到另一间屋里睡觉，我睡下一边和妈说话，一边想，你一个人孤零零地躺在那边，你一定也有很多话对我说。那就下次吧，下次回来睡你炕上，哪里知道，已经没有了下一次！下一次我躺到你的炕上的时候，你已经躺在冰冷的坟墓里。我们回去总是跟在妈妈身边，总是没完没了地跟妈妈聊，我们应该想到，爸爸也是害怕孤独的啊！我们为什么不把时间给爸爸留一点儿呢！

　　爸爸，我还不敢想，那天回去埋葬五爷，三爸说，回去跟你爸说说话吧，你爸添了心思。他说你怀疑自己有冠心病。我回去坐了一小会，我大大咧咧地告诉你，上次我带你检查时医生只是说你心律不齐，没有说你是冠心病，你不要胡思乱想。其实我知道，你是一个敏感的人，你联想到你今年身体大不如以前，联想到药瓶上那些对症的病，联想到你今年是个坎，就一定认为自己过不了今年了。可是，我没有当太大的事，只认为你这是老人的多虑。爸爸，如果我们多一点儿时间陪你，多开导你，你是不是就会没有事呢？

　　生不能相养以共居，殁不能抚汝以尽哀，人生至痛莫过于此！爸爸，我每天都在奔忙，可我没有一天不想到你。爸爸，你知道失去父亲的感觉吗？你一定知道的，因为你十一岁就没有了父亲。尽管我已经三十六岁了，可是我还是感到真的是天塌地裂，无所依靠。原来失怙就是这样的呀。爸，我的心接近于虚空，爸，我觉得我好脆弱！你不知道，你闭上眼就什么都不知道了，只留下无穷的哀伤给我们。你不知道也好，你吃了一辈子的苦，在天国里你能安详而无忧，那就最好。我不知道你见到你的爸爸妈妈了吗？你是否又能够在他们膝下做一个乖儿子？你见到我的二爸了吗？你是否还是一个宽厚的兄长？你见到我的三姐了吗？她曾经给过你多少悲伤就应该还给你多少安慰！爸爸，你一定不会寂寞的，你在人间留下了多少怀念，你在天国里就会拥有多少爱与尊敬！

鲜花送给父亲

我来到单位门口的花店。店主看见我进来，热情招呼。我一一问了花价：白菊，百合，康乃馨……最后决定要一束黄色的康乃馨。老板说：过节嘛，花比平时要贵好多。康乃馨也不错，不过，我建议你买红色的。这两种红色都很漂亮，平时买的人很多。我说：就要黄色的，买二十枝。店主说：说实在的，黄色康乃馨店里没有那么多，你一定要，我只好再去别的地方拿。

今天，特别想回家。

我想起以前好多事。

初中毕业，为了早点儿成为"公家人"，我听从父母的安排，上了中师。中师快毕业那一年，我得到了平生第一笔稿费——一个征文一等奖的奖金，两百元。我把它如数交给父母，让哥哥姐姐给自留地买化肥。哥哥姐姐没有用我的钱，父母用这些钱给我买了一辆自行车。在他们的憧憬中，很快，他们的小女儿就会每天穿得干干净净的，骑着这辆崭新的自行车，穿过村里人来人往的大街，到村口的学校去教书。这是多么好的一件事啊！在自己熟悉的村里上班拿工资，吃在家里住在家里，天天可以看到自己的亲人——是的，在他们眼里，没有比这更好的事情了。

可是，毕业前一个月，我选择了考师大深造。而且，我非常幸运，全校那一年考了两个，其中一个就是我。大一放假回家，已近花甲的父母，在我们巷口的大路边盖了一个小卖部。窄小的黑乎乎的门窗，很少的破旧的砖瓦，几乎全是土坯。就是靠这个小卖部和课余做家教，我念完了大学。

我上的师范大学离家大概有两百公里远。几乎每个月，我都要回一趟家。每当我踏上那条大路，就能看到父母坐在小卖部门口的身影——佝偻而且老迈。门口的其他人看见我，就会说："你爸你妈都往路口看了你多少回了。"大三大四，同学都熟了，也懒得在路上跑了，可是，想到父母每到月末那巴巴的眼神，我就会毅然踏上归途。

后来毕业参加了工作，结婚有了孩子，我总是两星期回一趟家。那时父母身体已经很不好了，小卖部也盘给了别人。可是，每当我走到大路口，就能看见父亲依然坐在小卖部门口，坐在自己的小竹椅上，跟别人谈天。脑溢血后的父亲行动不便，他的小竹椅是他的一根拐杖。我心里明白，父亲吃力地来到那里，就为了早一眼看到我。再到后来，父亲就不能走出小巷了，他只能坐在我们家门口等。

想到这些，我控制不住地想要回家。虽然按照我们当地的风俗，今天我这个女儿可以不回家。

毕业以后，我每次回家，总要买点儿东西，或者点心，或者绿豆糕，或者母亲爱吃的酸柿子，父亲爱吃的卤肉火烧。每每我问父亲想吃什么，他总是说：什么都不想吃。父亲从来没有要我给他买过什么，除了后来他走不动了，要我为他买药——降压灵或者止痛片。母亲说，家里放上零食，父亲从不主动去吃，总是母亲给他手里放上什么，他就吃什么。不知是因为病食欲没了，还是父亲除了看到我们，就不再有别的需求了。

今天，我不想给父亲买任何的零食，只想给父亲买一束花——一束黄色的康乃馨。

今天依旧是个节日，几乎家家的孩子都要踏上回家的路。我想：父亲，他也一定在等着我归去。只是，他会是在大路口等着我呢，还是在我们家门口，或者就在花繁似锦的春天的田野上？

我的父亲一生都在省俭。所以，我以前总是买一些实用的东西给他。今天我想：我的父亲，我的父亲他为什么就不能享受——奢侈的或者说精神的礼物？

那是一个噩梦——离别的时刻像夏天的一场急雨，劈头而来。我想找一件什么有意义的东西放在父亲手边，让他一拿起来就会像看到我。可是我找不到。父亲常听的半导体，是他在小卖部时自己买的；父亲常用的电筒和小刀，是他在小卖部里带回来的；父亲总戴在手上的一块表，是他老以前托亲戚从北京捎回来的，已经戴了二十多年……我找遍了父亲的卧室，竟然找不到一件我买的可以给父亲做念物的东西。失悔和疼痛让我几乎窒息。

手捧一大把黄色的康乃馨回到家里，母亲抱怨我花这冤枉钱干什么，不能吃又不能喝的。我没有说话，把它们轻轻地插在父亲面前的一个瓶子里。我看到父亲沟沟壑壑的脸上，露出了一种沧桑的笑。

我任由自己的泪尽情流淌。

今天是父亲走后的第二个清明节。

欠与还

昨天下午五点离开太原，驱车千里，回到我的家。回到生我养我的家。

再有一个小时，就是今天了。大家围坐在院子里，等我回来。

我进了家门，说了一句：先报个到吧。径直走进堂屋，端端正正地在父亲的灵桌前磕了个头。

我说：爸，我回来了！赶了一千里的路，我回来了。就是赶一万里的路，我还是要回来。因为前年的今日，我没有早一点儿回来，回到你身边！

前年的这时候，弥留之际，你在生死的关口挣扎，你是孤独一人，面对一个人最惧怕的辞世时刻！

尽管我们都围在你身边，可是我们已经束手无策！只能眼睁睁地看着你剧烈地喘，间歇地抽搐，眼角渗出一滴混浊的液体！你的胸口滚烫，可是你的四肢冰凉！

我不知道，你还有没有知觉，还会不会痛苦，会不会恐惧，会不会忧虑！

我紧紧地握住你的手，可是我知道——

坠向死亡深谷的断崖上，你牵不住任何人的手！

虽然你已经昏迷，但是你应该还会有意识。

那么，那些已经不由你驾驭的虎狼一样狂暴冲撞的错杂思维里——

有什么？

是年少突然失怙的悲戚？是刺刀下挑战壕的惧怕？是独自夜行百里的胆怯？是盐店里小学徒揣着委屈的悲苦？是孤儿寡母受尽的白眼与欺凌？是无数次经济的困顿与窘迫？是与老妻的白首相对？是一次次村口街头对孩子们的翘首期盼？是女儿、孙女儿带给你的欢笑？

那一刻，占据你最后的思维领地的，是什么？

什么是你一生最深切的苦痛？什么是你一生最骄傲的欢喜？我从来没有问过你！

而当我回到你身边时，已经没有机会听到你留一句话给我！你的安慰或者遗憾，责怪或者宽宥，牵挂或者不舍……

你都没有留一句给我！父亲啊——

你没有留一句话给我，是我对你的最大的亏欠！

终于，有一刻，其他的亲人都出去忙着准备，准备送你上路。

急救室里只留下了我们父女。我第一次完整地看到你的全身！你的一丝不挂的全身！老天的安排如此让人叹惋！

当我一丝不挂地攥着双手哇哇啼哭着来到这个世界上时——

你一定看到了我来时的样子；

今天当你一丝不挂地平摊双手一言不发地离开这个世界时——

我看到了你离去的样子！

我的到来，给你带来了什么？

你的离去，给我留下了什么？

我看到——

曾经纠缠过你的忧愁、烦恼、病苦，曾经紧贴着你的欢喜、快乐、慰藉——

你都放下了。

你平静地躺在担架上，像一个熟睡的稚嫩的孩童！

你的疼痛了几十年的、蜷缩了、扭曲了半辈子的双腿，竟然也伸得笔直，像从来没有病过一样。

我始明白——

人到这一刻，才真正把一切的东西都放下了！

包括自己至爱的人，牵肠挂肚的事！

父亲啊，你一言不发地抛掷下了我们，是我们对你最大的亏欠啊！

千里万里，在这一天，我都要赶回来！

我不要再亏欠你，哪怕一次。虽然你已经完全不可能知晓。

今天，故土肥沃，草木茂盛，庄禾茁壮，地气升腾。

我双膝跪倒在雨后泥泞的土地上，禁不住热泪成行。

半人高的茂密的野草，夹杂着浅笑的野菊，覆盖了你的坟头。

世上有多少平凡而认真的人生，也同样会被纷繁而疾行的世事淹没。然而，总会要留下些什么的。

你平摊双手而去，留下了你的一切给我们。

我们欠你的，怎么样才能还给你呀！

江河不可以回流，草木不可以逆长，四季不可以倒转，我们欠你的，只有还给那些你爱的人，你期冀的事，你牵挂的路途啊！

父亲，你离去了——

而我们才真正长大！因为我们才明白了——

你把你的姓氏，你的基因，你的血脉，你的无言而宽厚的爱……留给了我们。

这是我们一生最大的财富啊！

我们才明白——

知道亏欠，才会知道回报；知道回报，才真正长大。

一个孩子，不管是多大的年龄，不离开父母，就不会真正长大！

可是我还是想——

我还是想做你的孩子啊！我的父亲！

写对子

——文祭家父仙逝三周年

　　过小年，扫厦，蒸馍蒸糕，炸元宵煮肉……忙完这一切，就到了腊月的月尽了。每到这天，他一大早就会吩咐她到街上去买红纸。等她夹着一卷红纸一溜小跑回来时，他已经在院子里向阳的地方摆好了饭桌——她知道，这一天他们都要围着这张饭桌转了。

　　他取出久未用过的毛笔和砚台，取出一本卷了边的老皇历，掸去上面的灰尘。他一边在砚台上倒上水，磨啊磨，磨出浓浓的墨汁来，一边给她讲一些关于笔墨纸砚的故事。就在这时候，已经有人上门来了。或者是本家的伯伯叔叔，吧嗒着一把旱烟袋，放下手中的红纸，圪蹴在院子里谝一会儿，然后又吧嗒着旱烟袋走了；或者是队里的小孩儿，有的还是她的同学，跑着进来把纸一放，不说一句话，又跑了出

057

去……总之不一会儿，桌子上就会堆起一座纸山来。他把这些纸拿下来放到一边，取出一张来，在桌子上叠出米字格儿来，然后眯着眼问她："该写哪一条呢？"她就翻开老皇历，翻到有春联的那几页，认真地挑选起来。因为年年要写，好多字她已经认识。碰到不认识的，她就问他，然后大声把她挑好的那条念出来。他听她念完，点点头，大笔一挥，就写起来。

就这样，她念，他写。可是，她要忙不过来了，因为她除了根据每个家不同的情况挑选春联以外，还要帮他磨墨，帮他裁纸。她忙得两只手上红一道，黑一道的，不一会儿，脸上也红一道，黑一道了，好像戏里头的关公。可是，他不帮她。她还没有叠好纸的当儿，他就抽一袋烟，然后讲起他小时候的故事。那是她听了不知多少遍的故事了。他那时很小，跟她奶奶也就是他的妈妈去西安找她的爷爷也就是他的爸爸。他爸爸的生意好像做得很大，从西安到洛阳都有他们家开的盐店。等他和他妈妈到西安时，他爸爸却去了洛阳。于是，一个伙计——他说得有名有姓的，可是她终是没记住——套着大马车，送他们去洛阳找爸爸。那个伙计穿着洋绸衫儿，戴着一顶礼帽，煞是神气。一路过去，碰到相熟的人，这伙计就一边叭、叭地摔着响鞭儿，一边大声说："送张大（张大掌柜）的家眷啊！"于是沿途的人都肃然起敬，纷纷向他们行注目礼。她不关心这些，只关心他在哪里上的学，怎么能写这么好的毛笔字。他说他在西安上了两年的小学，后来他爸爸出事了，就没有再念书。她很惊讶，只念两年的书，可是他会写漂亮的毛笔字，会打一手好算盘，会讲很多很多的诸如"三侠五义""说岳全传"之类的故事，肚子里还有好多好多她怎么也想不出答案的趣题儿，这怎么可能？她就说他哄她，他就越起劲儿地辩解。就这样，他们一边忙，一边就把日头比到村西头去了。

　　快要天黑了，他们把小山似的红纸也写成了一副副的对子。有的人过来取走了自己的对子，有的没有来人，她就一家一家送。到末了，他还会数一数本家里有谁家没有送红纸来，就会用她买的红纸多写几副，让她送过去。她送去的时候，这些家的大人就会很热心，要塞给她一些好吃的。她总是捂紧自己的口袋，赶紧跑掉。

　　不光是写对子写得好，在她心目中，他是无所不能的。上小学一年级了，老师让他们学算盘——这难不倒她，加减乘除，他早就教会她了。所以，她的珠算一直在班里遥遥领先。有一天，一个意外的情况出现了。一个总是流着黏稠的鼻涕的，头发总是乱糟糟的女同学在课堂上露了一手，给大家表演了心算。一边听老师报算式，一边看这个女同学刷刷地在黑板上写出答案来，大家惊讶得眼珠子都要掉出来了。

她在下面悄悄用算盘算了一遍，竟然没有一个答案是错的。最后，同学们给这个女同学拍起了巴掌，可是，她的脸却激动得通红。放学了，她赶紧跑回家，要他教她心算。他笑笑，说他不会。她的泪溢满了眼眶儿，然后顺着两颊往下流，小河一般。她生平第一次跟他哭闹："人家说心算是她爸爸教的，你也是爸爸，你为什么不会?"而他只是笑着，不理会她，她就大大地哭了一场。

好多年后她才明白，她不是因为被女同学抢了风头而难过，而是，她不愿意别人的爸爸超过他——事实上，在以后漫长的岁月中，她一直认为，他是最好的，没有人能比得上。

母亲是种在心里的树（一）

在我的记忆里，我和她之间可以用"亲近""亲密""亲热"这些温度比较高的词儿来形容的情形几乎没有。从我记事起，我就觉得我活在一种非常压抑的氛围中。而这压抑，大半儿来自她——她对我总是有找不完的碴儿。

比如说，星期六下午一放学，我刚回到家，书包还没有放好，她就开始唠叨："你去地里吧，你哥和你姐他们在二畦地里给棉花捉虫哩。人家辛辛苦苦挣钱供你念书，你回来就要帮他们减轻一些负担。"捉虫？那是我最讨厌干的活儿。一只一只的虫子从棉花花朵里找出来，再用手在棉叶上捏死——想想就知道有多恶心。但我不敢说我不去。如果我不去的话，我想她会一直唠叨下去。再说，三姐出了车祸后，我看到过她悲痛欲绝的样子，也看到她常年熬一些难闻的汤汤水水喝，所以，我不愿意惹她生气。

就这样，别人家的孩子念了一星期书回到家就是休息，玩，或者写作业，我却不得不在白天下地干活，晚上再写作业。要命的是，当别的大人夸我懂事时，她还大声附和："我们家霞儿自小就懂事，勤快，回来从来不闲着，也不怕脏不怕苦。"每当她说这样的话的时候，我心里就很恼怒：我哪里有你们说得这么好？我那么做还不是你逼的？我宁愿做别人家的坏孩子也不愿意做你的乖孩子。可我不敢说出来，我怕她。

再比如说，我上中学时除了放寒假，放暑假，还放麦假，放秋假，总之一到农忙时就放假。那些年夏天和秋天特别肯下雨，常常一下就连阴十几天。下雨本来是我最高兴的事，可以不干活了，可以像别人一样打扑克牌，或者一个人躲在屋里看小说——这些她都不允许。不是我提出来她不允许，而是我还没有提出来，她就安排好我干的活儿了，或者让我学纳鞋垫，学纳鞋底，或者让我学打毛衣——她的理由是，你什么都不会干，将来出嫁后怎么办？出嫁，那是多么遥远的事情，她都替我考虑到了。这种考虑让我又羞又恼又没有办法。我纳的鞋底或者鞋垫她要检查，如果觉得纳得不好，就拆了让我重新纳——你说这种踩在脚底下的东西，纳那么整齐、漂亮干什么？就是我洗的衣服，如果她看到袖口、领口有不干净的地方，马上就从晾衣绳上扯下来扔到盆里，让我重洗。而她洗出来的衣服，几乎就像没有穿过一样——她的优点总是很突出地衬托出我的缺点，你想想就知道，我有多烦她。

本来过年是一个孩子最开心的事情，可是，对我来说，过年是最乏味最辛苦的。从腊月二十以后，她就把每天都安排得很满。蒸馒头、煮麻花、扫厦、浆洗被褥、炸元宵……没有哪一天不是干到很晚才能上炕睡觉。我常常不明白我们家怎么总是比别人家忙，后来，终于从本家那些长辈对她的夸赞中找到了答案：他大嫂 zhemie、xiqu。当然这是方言词，如果用整洁、细致这些词来替换的话，表现力就要大打折扣。可以这么说吧，好多事别人认为凑合一下就可以，她却总是精益求精。她这种精益求精让她在村里获得了很好的口碑，却让我觉得跟她一起生活，很累很累。

在家里我是没有时间玩的，于是我就在学校玩。上课时我看课外书，下了课我和同学跳皮筋，学唱流行歌，自习时我把一些同学带到操场的旮旯里，给他们讲评书。本家的婶婶在学校教书，把我的表现告诉了她，好强的她却没有训我，只是说："女娃家，不学就不学呗，什么时候念不动了，就回来种地，大了在跟前找个婆家嫁了就算了。"我听到这话，一下子警觉过来。从初二起，我开始发奋读书，而我读书的唯一目的就是，我要走得远远的，摆脱她，摆脱她那精益求精的生活方式，去过我喜欢过的一种自由自在的闲云野鹤般的诗书生活，不在那些无聊的事情上耗费我的年华。

师范三年级，一个男同学骑自行车送我去车站，被一位堂哥瞧见，告诉了她。我回到家那一晚她无话，睡到鸡叫她终于憋不住问我："那男生家是哪里的？"我说平陆。她开始长声哭，就像三姐殁了时那样眼泪、鼻涕横流。她一边哭一边说："我们是村里人，即便不嫌人家是山里人，你也要知道平陆到这里有多远？你要嫁给他，权当我没有养你！"我心里很反感：我们还没有开始谈恋爱，怎么就说到嫁给他这种话了？远又怎么样？我就是想离你远远的！你当你没有养我，我还当你没有养我呢！山里人怎么了？山里人朴实、厚道，我还就看上山里人了。就这样，抱着一种对她的逆反态度，我开始了我的初恋。

与她斗争了几年后，我终于生平第一次战胜了她，嫁给了她极力反对我嫁的那个人。出嫁那天，即将走出大门时，我有些得意地回头望了望那座我生长了二十多年即将离开的小院，却一眼看到她在厨房门口站着，正用力撑着腰往下坐，一副筋疲力尽、失魂落魄的样子。突然间，我的眼泪就成串地流下来了。

婆家离得远，葱蒜姜茶、米面油盐、锅盆碗筷，甚至于笼布和抹布，蒸馍用的电热毯，她都为我准备好了，一样一样往运城捎。在她眼里，我是一个只知道读书生活上一窍不通的人。她对我的夫君说："我们家霞儿什么都不会做，你要担待她。"好像没有把我培养成她希望的那种人是她的一种亏欠。我生了孩子后，她帮我带孩子，指导我做家务。她住在一个又黑又破的杂货间，却把我那十四平米的小家整理得纤尘不染。我在结婚前所做的努力都是为了逃避她，却终于不得不依赖她，与她密不可分。

其实我现在还是不想做她那样的人。她老了，身体不好，却依然明白、好强。我说："你知道你为什么肯病吗？因为你脑子太好了。人都说老了就要装聋作哑，就要装痴卖憨，你什么事都明白，什么事都还想操心，怎么能不累呢？"她说："没有办法，生是这种人，改不了了。"

她跟姐姐住，只要在运城，我晚上都会去她那里坐坐，给她捶捶背，给她吹吹牛——小时候，如果可能，我一句话都不想跟她说。

不想成为她那样的人，可是，随着年龄的增长，我发现我越来越像她，尤其是四十岁以后。儿子从头发丝到脚底板的事情，我样样会操心。一件家务没有处理完，我睡不着觉。发现儿子给女同学写纸条，我会很紧张。我悲哀又欣慰地觉得，我终于成了她那样的琐碎、唠叨、婆婆妈妈又俗里俗气的女人。

因为我终于成了一位真正的母亲。

母亲是种在心里的树，也许她让你难受过，让你抗拒过，让你疼痛过，可她迟早会成长起来，生根发芽，开花结果，长成像她一样的一个树种。

这树的种子，我想就是最深又最白的那个字——爱。

母亲是种在心里的树（二）

他第一次来到这个家里看到她时，心里一动——她是一个清瘦的个子不高的女人，一块蓝色的手帕包了头，裤子和衣袖上打着整齐的补丁。看得出来，她干净、清爽又心气儿很强。

由于紧张，他没有敢去看他未来的媳妇。但是，她——他即将要称呼为"妈"的这个女人，却在他心里烙下了很深的印象。他觉得，冥冥之中有安排，他应该成为这个家庭的一员。

他自小丧母，弟兄又多，很快，他招亲过去了。这个家里父亲没了，有六个女儿，五个都嫁出去了，他婚配的是最小的姑娘。可以想见，妻母对他格外重视。除了下地做农活，家里的活儿一概都没有他们小两口的份儿。担水、挑粪、洗衣、做饭、扫院子、淘粮食、磨面，都是他该叫

"妈"的那个女人做的。有时候，他也想找点儿活儿干，可是，她总是在他之前就把该做的都做好了。而且，每天的饭，都是变花样儿做的。那个女人似乎有一种神奇的本领，不管是多家常的蔬菜和杂粮，过了她的手，都会变成美味。吃饭的时候，他发现，那女人的筷子，除了在辣子碟和咸菜碗里戳戳外，从来不往凉拌菜和炒菜里去。有时候，饭菜端上桌，她干脆就端了碗，拿块馒头掐根葱到院里吃去了。

　　他知道他受到的礼遇非常高，这也让他很不舒服，总有一种不在自己家里的感觉。他从外边回来，直接就进了自己的房间。冬天的时候，他常常打牌打到很晚才回来。可是，不管多晚回来，大门总是不关的。他关了门走到自己房间门口，看到另一个房间的灯忽的一下灭了。他知道，是那个女人在为他留着门，留着灯。

　　就这样过了一年。一年内他都没有称呼过她。有一天吃完晚饭，她忽然叫他到她的房间去。她把脸对着灯下的黑影儿，对他说："咱们把家分了吧？"他有些发愣："为什么？"那个女人说："我年纪大了，也帮衬不了你们什么了，做事恐怕也不称你们的心。趁早分开好，各过各的，免得以后日子长了闹出口舌来，惹人笑话。"看着那个女人脸上缓缓地流下泪来，他心里憋满了委屈，生硬地说："不用分家，我在城里找好了活儿，要出去干了，你们娘儿俩在家

068

里过吧。"说完，他就撩了帘子走了出来。

此后几日，家里空气越发沉闷。妻不说什么，总是偷偷流泪。他不知道为什么会这样。过了几日，他就跟几个伙计到外边打工去了。在外边的日子，累归累，总归是热闹的。他也常常梦见妻，甚至梦见那个女人，可他不知道该不该回去，她们到底想不想让他回去。

过了几个月，家里捎信来，说他的妻生了个小子，要他回去商量过满月的事。他立马辞了工，坐了汽车就回去了。他进门径直进了自己的房间，可是，毕竟大半年没有回来了，他一时愣怔，不知道要做什么，就傻傻地站在屋子中间。妻的脸朝着墙，始终不扭转过来。还是那个女人走了进来，抱起孩子，递到他手上，说："来吧，抱抱你儿子!"

一时间眼泪涌了出来。他知道，这个肉乎乎的小家伙就是他的血脉，就是他最亲最亲的人。从此以后，这个小家伙就把他和这个家紧紧绑在一起了。

再也没有人提分家的事，他再也没有出去打过工。妻后来又为他生了两个儿子一个女儿。孩子们打打闹闹，大人们忙忙碌碌，日子过得又紧张又紧巴。只是，他还是从来没有开口叫过那个女人一声妈。

一大家子人要吃饭，他成了家里的大梁。有一阵子他们种了好几亩菜，每天天不亮，他就要赶上车到城里去卖菜。

可是，不管他起多早，都会发现，牲口早喂好了，车也套好了，车架子上绑着一个布袋，里面热乎乎的，是孩子奶奶赶早儿烙好的烙饼，搁了葱花和鸡蛋，香喷喷的。他想说：不用起这么早烙饼，我拿两个馒头就行。可是，他说不出来。当别的卖菜人啃着凉馒头时，他吃着葱花烙饼，觉得心里很暖和。有一次他卖完菜回来，特地夹了几个驴肉火烧——他想让她尝尝。可是，火烧拿回家，他不知道怎么对她说，就悄悄放在厨房的案板上了。吃饭时，他发现，那几个火烧全被分给他的几个孩子吃了。

有一年村里人盖房子，他去帮忙，从梁上摔了下来。在医院里住了几日，身子骨儿倒没事，可是，脑子出了毛病。他到处乱跑，而且乱拿别人的东西。妻和孩子奶奶就到处追着他跑，怕他出事。有一次，他到一个村里的代销店里拿了人家的东西，店主叫了几个人，把他一顿猛打。妻和孩子奶奶趴在他身上，哭着，向人家告饶。混乱中，他听到孩子奶奶长声大叫："饶了我儿子吧，我可怜的儿呀！"那一瞬间，他脑子里灵光一闪，抱住这个拼命保护自己的女人大叫了一声："妈呀！"

那以后他的病渐渐好了，可是，老太太身体却不行了，瘫在了炕上，不知道吃喝，不知道屙尿，而且谁也不认识了。老太太要走的时候，妻和孩子们围了一炕，等着老太太留几句话。老太太的眼光却径直投向站在炕下的他身上，看了他好久，然后，一颗浊泪滚了出来，老太太没了。

老太太出殡那天，他行孝子礼，披麻戴孝，摔盆扫墓。当坟头立起来，纸花开始熊熊燃烧时，他忽然大放悲声：我的妈呀，我的亲妈呀，你就这样扔下我不管了呀！

他知道，虽然他不是她生的，可是，自此以后，再也没有人能像她一样对他，含在嘴里怕化了，捧在手心怕摔了，出口气儿都怕呵着他——他以前只当这是生分，今天终于明白，这是怎样深沉的一份疼爱。

他在她的坟墓周围植了长青的松柏，立了高大的青石碑——虽然她生前极其普通，可是在他心里，她是世界上最好最好的母亲。她的坟墓就在他们的苹果地里。孩子们都大了，苹果树不用他料理了，可是，他还是常常到地里去，坐在她的坟头，跟她说说话。他知道，他这一辈子最亏欠她的，就是从来没有像亲生儿子一样，叫她妈妈，陪她说话。

母亲是种在心里的树，也许你曾漠视过她，冷淡过她，逃避过她，可她总能顽强地成长起来，陪伴你，温暖你，滋养你，不惜为你付出她所有的一切。

母亲的味道

一

　　星期六，回家去看母亲。车停在门口，我看到门前的路面平平整整，干干净净。门旁的两个墩子抹得光亮，上面还铺着一条旧毯子。院子前的几棵小柿子树，碧油油的叶子间已经有一些绿绿的小果子。树下面，母亲栽了几行小葱，几行芫荽，还有一些夜来香。它们挤挤挨挨，一派生机盎然的样子。院子里，廊下和院心也像门前一样干净，一切家什杂物摆放齐整，几盆花儿在水缸边悄然开放。屋子里，地上、桌上、炕上纤尘不染。我知道，只要母亲在家，门里门外每天都是这样周周整整纹丝不乱的，门里门外总有一种淡淡的清新的母亲的味道。

二

　　母亲的爱整洁是出了名的。巷子里的老人教育闺女媳妇，总要说这样的开场白："看人家你大嫂……"母亲的这种爱整洁，不是冲着为人做榜样的虚荣，完全是她的个性使然。我记得我小的时候，母亲要照料她的两个小孙女，要做一家人的饭，可是每当我们回到家，总是看到院子里、卧室里、厨房里到处都被收拾得利利落落。家里养牲口那会儿，连槽头和粪堆都有样有行的。过年的时候要待客，我们家亲戚多，待一次客要摆十几席。客人走了，我们疲惫不堪，多么希望能赶快休息，哪怕第二天起来再"打扫战场"。可是，不把所有的锅碗瓢盆清洗干净摆放整齐，不把借来的东西送还人家，母亲绝不肯停下来。母亲一刻不停地收拾，我们没有办法，只好也拉着脸儿一起干。我们知道，这活儿不干完，母亲晚上是睡不好觉的。

　　母亲帮我带过两年孩子，现在有时候也在我家住。母亲在不在跟前，我家的环境是大不一样的。我看不到母亲什么时候做家务——是早上我还在睡着的时候？是我上班以后？是晚上我睡下以后？总之，家里永远是窗明几净，清新宜人。就连我的衣柜，母亲也帮我整理得井井有条。厨房里更不用说了，哪儿都擦拭得可以照出人影来。孩子的衣服，不用害怕脏了替换不过来。就是我们换下的脏衣服，如果马上来不及洗，又没有藏好，母亲也会洗了拍打得平平展展晾干再叠好，放回衣柜中。

　　母亲这种爱干净的性格，让她比别人多干好多活，多受好多累。有人说母亲身体不好，都是因为太爱干净了，开玩笑说她每天少扫几笤帚病就会好。可是，这是母亲一生的习惯，怎么改得了呢？母亲现在年逾古稀，依旧是一个让人敬爱的勤快整洁的老太太。她有时候在姐姐家住，有时候在我家住，有时候在她的孙女家住，她走到哪里，就把我们熟悉的那种母亲的味道带到哪里。

三

　　因为有这样一位母亲，我小时候，衣服穿到小穿到破（我几乎没有穿破过衣服），都是鲜鲜亮亮的。我穿小的鞋子送给别人家的小孩，人家小孩的妈妈总要啧啧称赞，不相信是我穿了那么久的。母亲洗的衣服，总是比别人洗的衣服干净。我观察过好多次，发现母亲也不过是和别人用同样的洋碱或洗衣浆。那么母亲的绝招是什么呢？现在我才知道，母亲的绝招就是她的一颗心——别人觉得能过得去的事，她常

075

说心里过不去。她洗衣服比别人勤，家里的晾衣绳上，常常万国旗一样挂满了衣服，而且门前向阳的柴火堆上，也常常摆着鞋子鞋垫之类的东西。母亲洗衣极其认真，衣领衣袖是要揉搓好多遍的，非要洗得跟本色一样才罢休。母亲洗衣，那真叫郑重其事。她不是洗完了事，要在槌棉石上用棒槌槌呀槌，乒乒乓乓好半天，然后，叫我或姐姐帮她来抻，抻完了再晾到绳上，而且还要翻晒几次。

我记得我上初中以后，开始自己洗衣服。我洗的衣服在母亲眼里，总是不过关，她总要重新放进水盆里，把衣袖、衣领再搓洗搓洗然后拧干晾到门前的阳光下。到了侄女们这一辈，母亲还是这样。家里女孩子多，难免有一些小衣服不好洗。母亲总是找寻出这些内衣，亲手洗干净给孩子们放进包里。这么多年，我养成了一个习惯，穿衣服前，总要先放在鼻子跟前深吸一口气，感觉母亲洗过的衣服就是不一样，感觉好像这样就能够把母亲的味道吸到肚子里，吸进心里。

四

很小的时候，家里没有白面吃。我吃过高粱面，吃过玉米面，两个姐姐还吃过玉米芯子、红薯叶子和榆钱。但是不管什么，母亲都能把它做得很可口。小时候，我觉得吃母亲蒸的玉米切糕简直就是一种享受。即便是白菜帮子、老咸菜，母亲也能让我们吃得津津有味。上初中和师范，每星期走的时候，母亲都要给我带几块她在灶膛里烤的面坨坨，还有一罐头瓶咸菜。可是就是这些东西，竟也是让人羡慕的好食品。我把布袋挂在墙上，不用两天，准会被抢吃光或"偷吃"光。如果有两星期我不回家，宿舍的人就会说："赶快回去吧，想吃你们家的咸菜了。"

每到秋天，母亲总是把那些大个的黄瓜剖开去瓤，腌晒一小缸。过年的时候，母亲会蒸好多枣糕，放进缸里盖好。还要烤很多像饼子一样但中间有孔的面食，用绳子穿了，挂在墙上。这些东西我们只能吃到很少一部分，城里的亲戚回来了，母亲就会东家一些西家一些把它们分出去。小时候我不理解母亲为什么要这样做，后来我懂了，母亲把她对人的一片热忱，通过她自己的方式表达了。而且，来而不往非礼也，母亲收了人家的点心罐头，就回赠一些自己亲手做的人家买不到的东西，让人家觉得亲切踏实，没有理由拒绝。

现在，每次回家，我都要先进厨房，看看橱柜里有没有剩菜剩饭。如果有，必先得大吃一顿。就连三叔的儿媳妇回家，也喜欢这样。母亲心里很欢喜，说人家不"假气"。其实她不知道，她做的饭就是有一种与众不同的味道。

三叔的儿子有一年病重在北京住院，母亲很牵挂，她想让人捎点东西去。捎什么呢？母亲支起铁鏊，开始烙烙饼。她一边流泪，一边回忆侄子小时候动不动就爬上我家锅台找东西吃的情景。她想只要侄子的病能好，他想吃什么她就给他做什么。母亲烙的大饼带着浓浓的亲情，去了北京301医院。什么都不想吃的病人看到母亲捎来的东西，就着泪吃了起来。

五

母亲的手很少有闲下来的时候。夏天在门前乘凉，人们都是拿着蒲扇聊天，可是母亲的手里总拿着活计。不穿的旧衣服，母亲洗干净后，耐心地拆开。扣子放进罐头瓶里，以后再做新衣服可以用；衣片缝合的地方比较结实，母亲会把它们变成一把把的布条，做麻袋的口绳用；有些厚实的布块，母亲会用它们裹鞋底给姐姐们纳；软和一些的旧布，母亲把它们变成一块一块的尿布……在小麦没有成熟前缝补麻袋，在天气没有凉以前拆洗棉衣，在播种季节没有到来之前挑拣种子……母亲未雨绸缪，我们只要喊一声："妈，给我取……"母亲就会给我们拿出我们需要的东西。

这次从家里走的时候，母亲拿出两样东西要给我，一样是一条小褥子，一样是一把绳子。小褥子的表和里是用我们不穿的衣裙裁的。绳子呢？这几年，我们都改穿羊毛衫羊绒衫，以前的毛线衣淘汰了，母亲把它们拆了，借了纺车把它们变成了粗绳。这些我们弃而不用的东西经过母亲的手，成了漂亮实用的物品。我喜欢这些东西，因为它们散发着母亲的味道。

我们不管什么时候回去，走的时候，母亲都要带东西给我们。有时候是她捣的芝麻盐或者胡椒面，有时候是她晒的或者油泼的红辣椒，有时候是她蒸的枣糕花卷……或者，因为我不会做针线，她要给我带孩子的棉衣裤，我贴身铺的褥子，或者端午节的朱砂香囊……大姐呢，因为大姐农活忙，她要给大姐带一些做针线活用的绳子、棉线、做鞋用的箍子、衬布……可以想见，我们不在身边的时候，母亲每天就忙忙碌碌的，把她能想到的我们用得上或者我们稀罕的东西，一样一样做好，用袋子装了，等我们回来，一一分给我们。她在做这些事的时候，一定一个一个地念叨着她的女儿、孙女儿。她一个人在乡下的日子，就是这样打发的。而我们带走了母亲给我们做的东西，带走了母亲的味道。母亲的味道，陪伴我们度过一个个在异地他乡的日子，牵引着我们向身后那生养我们的故土频频回首。

六

　　母亲的味道是什么？我说不上来，但是我感觉得到。我知道这种味道，陪伴了我将近四十年。

　　家里的厨房里，有母亲的味道。从我记事起，母亲的主要工作场所之一，就是厨房。夏天中午，天气炎热，我们都在正房里睡午觉，母亲悄悄一个人做午饭。什么时候饭做好了，她就会喊我们起来切西瓜吃，而她把饭晾好，自己去洗脸擦背。如果我会画画，我画的母亲，在案板前擀面条，在俯下身子和面，在灶膛前拉风箱，在往热气腾腾的锅里摆馒头……袅袅的炊烟，把母亲的味道送到老远老远，至今不能消散。

　　母亲的衣服上，有母亲的味道。打从小起，我放了假回到家，喜欢穿母亲的衣服，觉得很舒服。有一次我穿着母亲的大襟衬衫在巷子里走，有人看见了，眼珠子差点没有掉下来。我们还喜欢穿母亲的鞋子，我们都回到家后，母亲下炕常常找不到自己的鞋子，对着一大堆各种各样的高跟皮鞋做长吁短叹状。

　　母亲的炕上，也有母亲的味道。我们回去都喜欢挤在母亲的炕上。孩子们在母亲的炕上翻跟斗，打仗，吃东西，把母亲的炕弄得一团糟，但是母亲从来不生气，最多笑眯眯地说："我的孩子小的时候，白天就没有上过炕。我早上整理成什么样子，晚上睡觉时还是什么样子。到你们孩子跟前，没有办法啦！"

不管有多烦心的事，睡到母亲的炕上，就不会失眠了。有一次，我工作上不顺利，身体又久病不愈，请了假回到家里。白天我躺在炕上，抬眼看院子里湛蓝的天空；晚上我躺在炕上，跟母亲说小时候的事。我没有跟母亲说一句我的烦恼，我的心事，母亲也没有问我一声，只是每天变着花样让我吃好。就这样躺了一星期后，我的病竟然好了。

接近不惑之年，还是如此依恋母亲的味道，还需要从母亲的味道里汲取营养，我不知道是该感到羞愧，还是该感到骄傲。

七

母亲的味道，陪伴我们走过贫穷的岁月，走过艰难的道路，走进缤纷的梦想……

母亲的味道，是水的清洁，是阳光的温暖，是土地的深厚，是小麦的馨香，是槐花的甘甜，是石榴的饱满，是棉花的柔软，是果园的芬芳……

母亲的味道，是她的唇亲吻的味道，是她的手抚摸的味道，是她的臂拥抱的味道，是她的眼注视的味道……

母亲的味道，是牵挂，是眷恋，是回忆，是怀想，是期盼，是渴望……

母亲的味道，是一生忘不掉，走不出，换不来，享不尽的味道……

母亲的味道，是爱的味道……

走失的母亲哪里去找

一

五一这天，我们一大家子一起去舜帝陵游玩。

听说舜帝陵景区面积非常大，为了让母亲少走点儿路，我们给看门人说了好多好话，特意把母亲和大姐从侧门送进去。

我们从正门进去后，赶紧就朝着侧门的方向走去，寻找母亲和大姐。她们两个没有带任何的通讯工具，大家又是第一次来这里玩，所以找起来特别困难。我们抄近路来到侧门，没有看到一个人。大家有些傻眼。五一是长假第一天，今年又刚刚开始发售一票通，所以园内游人很多。观鱼台、游乐场、假山、牡丹园，我们都找过了，还是不见她们的踪影。

天气很热，我们也觉得很累，只好来到大门口，搭乘园内的电瓶车继续寻找。我们对驾驶员说，尽量开慢一点儿，我们要找人。驾驶员问了母亲和大姐的年龄，然后满不在乎地说："我肯定能帮你们找到的，放心吧。"我有些诧异，不敢相信地问："你见过她们？"其实我也知道，这么多游人，驾驶员怎么可能会对两个不认识的人留意呢？驾驶员说："你们知道找老太太到哪里去找吗？"我们面面相觑：这又不是我们村我们巷，我们怎么知道母亲和大姐可能去哪里呢？驾驶员很得意地说："到烧香的地方找，肯定能找见。老太太到这些地方，就喜欢烧香，想给儿孙们求点平安富贵。"不知道是不是相信了驾驶员的话，反正我们一车的人都不说话了。

　　车子转了一圈，把我们放在舜帝塑像前的广场上，可我们还是没有看到母亲和大姐。驾驶员调转车头想要离去，我急忙说："你不是要帮我们找人吗？人还没有找到，你怎么就要走呢？"驾驶员说："上了台阶往前走，就是烧香的地方，你们去找吧，保证在！"

　　我们往前走了不多远，忽然就听见小侄女喊了起来。我们顺着她指的方向看去，果然看到母亲和大姐坐在一棵大树下。我们赶紧跑了过去。大姐说："我们一直在这里等，想着你们不管怎么走，最后肯定要到这里来的。"听了这话，再想想驾驶员的话，我心里有一种说不清的滋味。我们这么多姑娘孙女，竟然没有想到一个驾驶员都能想到的问题！

看到我们都来了，母亲说："走，前面就是烧香的地方，咱们去烧个高香。"我知道旅游景点的这类地方大有猫腻，可是这会儿什么都说不出来了，陪着母亲上前去烧了炷高香。烧完香，孩子们跟母亲淘笑，问母亲许的什么愿，母亲笑着说："这是秘密，哪里能告诉你们。"可是我们都知道，在母亲许的愿里，一定有我们每一个人，但是不一定有她自己。

二

没有陪母亲多出过门，这些年在家里待的时间也不多，所以我并不知道母亲近年来是否还热衷求神拜佛之类的事。

最初的记忆是我小时候的。那时候我三四岁，还是四五岁，不清楚了，总之是我刚刚记事。大年三十晚上，包完饺子，母亲总要拖着疲惫的身子，准备好初一的献供。第二天天还一片漆黑，新年的第一声爆竹响过，母亲就会把我们叫醒。等我们穿戴好，母亲已经在院子里摆好了供桌。我们大气儿都不敢出，跪在父母身后，看他们虔诚地烧香磕头，嘴里念念有词，然后按照母亲的吩咐，磕几个头。烧完香，我们开始煮饺子。在母亲郑重而敬畏的表情影响下，我们不敢大声说话，走路做事轻手轻脚，即使看到饺子煮烂了，也煞有介事地说"挣了"而不敢说"烂了"。不过，即使这时候我说错了什么或做错了什么，母亲也只是用眼神制止或批评我，从不执行别的惩罚手段。母亲的言传身教让我意识到，抬头三尺有神灵，做人不能妄言妄行。冥冥之中，总是有因果报应的。所以，我们在一年初始，就要谨言慎行，以图吉利。

三

　　贫寒然而宁静的生活在一个星期日陡然发生了变故。

　　那天，我陪着三姐去打猪草。她打满两筐，我和她送回来后，就再也不愿意去了。正在接棉线准备织布的母亲看三姐也累了，不让她去了。可是三姐说，如果她再打两筐回来，这些草就够猪吃一星期了。我跑出去玩了，三姐一个人去了地里。事情过去好多天以后，母亲哭着对别人说，那天她心里恍恍惚惚的，总是数错线，好像有什么事情要发生，她往突突跳的右眼皮上贴了一小截麦秸秆，还是不顶用。果然，三姐走了没有多久，就有人飞跑到我家，说三姐被一辆拖拉机轧了。母亲被人用自行车载到县城医院去了。她回来的时候，已经哭哑了嗓子，被人搀扶着，站立不起来。

从那以后，我夜夜被母亲的哭声惊醒。那样的日子不知熬过了多少。大姐出嫁了，我还年幼，为了陪伴母亲，二姐弃学了。家里日日笼罩着凄凉的气氛，我再也没有看到母亲烧香拜佛。有一次，我半夜里听见母亲对父亲说："我再也不相信什么神了，就算是有神，神也不应该给好人罪受呀。"

因为生养的是几个姑娘，父母背着沉重的精神负担。父亲生性耿直，在生产队当干部得罪了人，所以有的泼妇就仗着儿子多，经常指桑骂槐，辱骂父母。我永远都忘不了欺负我父母的人，永远都忘不了我们一家度过的艰难光景。

后来二姐成家了，哥哥到了家里，受人欺侮的事情渐渐少了。哥哥姐姐的第一个孩子出生了，是个女孩；第二个孩子出生了，又是个女孩。母亲又开始烧香了，而且要哥哥姐姐也烧香礼佛。家里正房的方桌上，多了一个菩萨像。每到初一十五，母亲都会恭恭敬敬地上香磕头。俗话说，病急乱投医，母亲寻找上苍的护佑好像也是这样。听说哪里求神比较灵验，不管多远，母亲都会让哥哥姐姐带她去。

第五个侄女出生了，姐姐的身体也变得很差。她不到四十岁就得了高血压，父母说什么也不让她再生了。

哥哥姐姐在地里侍弄农活，父亲经营他的小卖部，母亲忙着照料几个小孙女，一天到晚累得直不起腰。家里的菩萨像跟前，好久好久都没有香火点燃了。

四

日子一天天好起来。我毕业参加了工作，侄女们也都长大了，上学的上学，上班的上班。孩子们对爷爷奶奶都很孝敬，父母跟前断不了零花钱和零食。我不知道他们心灵上的创伤有没有愈合，我只知道，他们体弱多病，长年离不了药，经常要上医院。哥哥姐姐身体也不好，年轻轻地就成了药罐子。每当我回到家，母亲就会跟我絮叨哥哥的抽烟喝酒，姐姐的不按时吃药。

父亲得了一场脑溢血，二姐得了一场脑溢血，大姐总是觉得头晕胸闷，我因为眼睛和腿，住过好几次医院。哥哥姐姐一直在试着作生意，但是生意一直都不好。前两年，哥哥的厂子还赔了十几万。我主了报社的事以后，母亲常常操我的心，担心我能不能干好。

去年的一天，母亲告诉我，村里有很多人四月初八都到解州老爷庙（关帝庙）去烧香。我随口说："那有什么，你想去咱们也可以去烧。"可是，到了四月初八那天，我忘得一干二净了。二姐告诉我说，前一天母亲就准备好了，等我接她，一直等到第二天中午，母亲才断定我忘了。二姐说了这事以后，我知道，母亲又热心烧香了。

父亲前年去世以后，伺候了父亲十多年的母亲几乎没有什么事情做了。大家都劝母亲什么心也不要操，安享晚年。可是我们知道，母亲怎么可能不操儿女的心呢？她越是帮不上我们的忙，就越操心。母亲的烧香拜佛，是一种寄托，是想为我们祈祷个和顺安康。

五

对烧香拜佛因果报应这些事，母亲有自己的解释。

有时候，母亲会说："这世界上的事，难说。你说好人有好报，恶人有恶报吧，也不一定。好人常常受罪受得跌块儿，坏人倒活得轻松。高台劝化人，你看那唱戏吧，好人常常是哭一晚上，坏人倒是耀武扬威一晚上。就算最后报应来了，坏人也就挨那么一下就完了。"（这是她对有神论的怀疑）

有时候，母亲会说："这世上的人千千万万，大家都求菩萨，菩萨怎么忙得过来呢？菩萨管的是普天下的大事，哪里能管到你家里的小事呢？"（她以为菩萨是总书记呢）

有时候，母亲会说："不是菩萨不保佑咱，是咱敬菩萨心不诚。有事求菩萨，没事就把菩萨忘了。人家有的人天天

给菩萨烧香，咱是有一搭没一搭的，菩萨怎么能记住咱的事呢？"（她这是对自己功利主义行为的自我批判）

母亲拜过关老爷，拜过观音菩萨，拜过许多神灵，可是母亲也不是没有选择。有一次，村里有人动员母亲加入基督教，母亲高高兴兴去了。可是，当听说信教以后家里有老人去世不能穿孝服不能哭丧后，母亲马上说："那可不行，我是老大家的，我不能带这个头。"

母亲爱憎分明，却有仁恕之心。三姐遭遇车祸以后，父亲因为工作得罪的人当面背后地说了好多风凉话。母亲听在耳里，心里难受得就像是伤口上被撒了盐。过了几年，那个人的小儿子竟然也丧命在拖拉机跟前。有人在母亲跟前议论这事，劝母亲数落数落她出出气。可是母亲说："世界上哪有报应呢？我一辈子不说过头话，不做过头事，还不是吃了很多苦？将心比心，我知道人家没了孩子，心里受症哩，何必呢？"

六

母亲常常说，靠天靠地不如靠自己。母亲虽然是个农家妇女，可也一生坎坷经历曲折。我想母亲不是没有信仰，也不是信仰哪方神圣，她信仰的是德善勤和，追求的是和顺温饱的好日子。她的烧香拜佛，不过是一种心理寄托和自我安慰罢了。

所以，我想，每一个在佛像面前俯首弯腰的老人，都值得我们尊敬和怜惜，因了他们心中的敬畏，因了他们心中的期冀，因了他们心中的无我。

母亲也有走失的时候，但是母亲的心永远不会迷路，她守候在儿孙必经的路旁，希望用自己的老迈之躯为他们遮风挡雨。

正因为如此，尽管没有人看见过神仙菩萨，但是寺庙里的香火依旧很盛。神龛前的心，都是柔软、温和、充满挚爱的。

我想，其实每个人的母亲，都是自己的神。一颗大爱的母亲的心，值得我们用敬神的心去敬，用爱子的心去爱。

项链送给母亲

　　父亲在世时，按照我们这里的风俗，只给父亲过寿。现在父亲没了，我们开始专门地给母亲过生日。

　　给母亲选择生日礼物，不是一件易事。母亲胃口不好，生冷油腻的东西不能吃，买什么样的好的零食，都是相当于给我们的孩子们买，母亲不是打开来让大家一一分享，就是平均分了给我们各自带回家。给母亲买衣服更是出力不讨好。我们看上的衣服，母亲总是说太花哨。有一次侄女婿出差，给母亲买了一件大红绣花的羊毛衫，我们都觉得漂亮得不得了，可是母亲非要说自己穿不出去，送给了二姐。从我记事起，母亲就总是斜襟的灰色或月白上衣，头裹一块蓝色或灰色的围巾，利利落落干干净净的一个标准农村老太太。这些年，姐姐们都不纺线织布了，大家都是买衣服穿，老太太的衣服商场里也有很多，可我们很难给母亲买到她称心的衣服。我更是几乎不给母亲买衣服，把这个义务推给了两个姐姐。

今年给母亲买什么礼物呢？我想起前年三八节，儿子用丝线给我编了一条手链；去年三八节，儿子给我买了一条月牙项链；后来，儿子还花两元钱给我买过一个戒指。这些东西虽然不值几个钱，但是都让我很感动。想到这里，我突发奇想，想给母亲买条金项链。说是突发奇想，是因为母亲从来没有戴过任何的首饰。我们以前看到别人家的孩子有银手镯戴，就开玩笑问母亲："祖上留的东西都哪里去了？"母亲笑着说："我嫁到你们家，你奶奶瘫在床上，你三爸在上学，家里穷得揭不开锅，没有人给过我任何传家的宝贝。"其实我们也明白，在非常艰苦的岁月里，父母生养了我们姊妹几个，已经相当不容易，哪里有闲钱置办那些东西。现在条件好了，母亲重孙辈都有了，也应该享受享受了。可是我印象中，母亲是不喜欢这些东西的。村里有个老太太，几个孩子都有出息，也都有孝心，老太太披金挂银的，脖子耳朵手腕没有一处闲置。母亲看了说："满脸的褶子，戴那些东西有什么用呢？我从来就不喜欢那些。"

可是，我还是买了，心想：如果母亲不喜欢戴，就是收藏也好。反正黄金可以保值，母亲留着压箱底也算回事。

昨天是母亲生日，我拿出金项链，往母亲面前一放，母亲果然说："我不要，快要入土的人了，戴那干啥？"我说："人家说，老年人戴黄金首饰，对身体有好处（天知道谁说过）。"母亲说："你不是给我买过一条吗？"我怎么也想不起来。母亲翻寻了半天，果然找出一条金光闪闪的东西来。我恍然大悟：那是好几年前出差，给母亲买的一条带链子的护身符。那不是黄金的，是镀金的。我都忘了，没有想到母亲还当宝贝一样珍藏着。

我告诉母亲，这条才是真黄金项链。母亲没有再说什么，笑着说："那你给我戴上，放起来不定以后忘记了就找不到了。"

母亲戴上了我给她买的金项链，我想母亲的心一定是满足的幸福的。首饰对于女人来说，是一种美的渴求，是一种自我意识，是一种爱的感受。我们常常说女人是拜物主义者，我们的母亲也是女人，她们也会喜欢首饰的。她们平时嘴里说不喜欢，无非是舍不得我们花钱罢了。

更何况，这条金项链，是她的孩子孝敬她的一片心，她怎么会不喜欢呢？

我想，以后母亲坐在门前乘凉的时候，也会有意无意地把她的项链露出一点儿，恰好给别人看见。

我喜欢老年人的这一点儿点虚荣。

是谁谋杀了母亲

是的，那是一个梦。在梦里，我回到小时候的家园，看到母亲倒在地上，地上有一摊淡淡的血迹。屋顶上，有一头巨兽在休憩。

这个梦把我惊醒。我住在办公室里。被噩梦惊醒的夜显得越发寂静。因为工作的关系，我经常住在办公室里，而且整个楼道里就我一个人，一个女人。曾经有人问我害怕不害怕，我想没有一个女人会不害怕孤单，不害怕一个人在夜里独处。但是，我没有说过我怕。因为一切都是自己的选择。

我的母亲在乡下独居。一个人守着一大座院子。我常常不能想象在万籁俱寂的夜里，一个经常失眠、浑身病痛的人，一个衰老的女人，会想些什么，会梦些什么，会做些什么。

亲人们都希望母亲在城里和孩子们一起居住，可母亲说，只有乡下的那座院子，才是她的家。也许她认为，父亲的灵魂能回到的家，只有那座院子。

母亲经常生病。而且，就算是不生病的话，我也知道，母亲有一天总会离开我们，就像我们的父亲，就像我们的祖父祖母那样，从我们的生活中走开，从我们身边走开，走到一个不知道在哪里的地方，从此不见踪影。

小时候和我们一样会啼哭，会欢笑，少女时代和我们一样会娇羞、会憧憬，年轻时代和我们一样满心欢喜地搭起一个家的母亲，从此会不见踪影，就像化在了空气里——不，就算化在空气里也会有一粒微尘，可是我们的母亲就此不见，无声无影。

她的那些没完没了的唠叨呢？她的那些无休无止的病痛呢？她的那些没有来由的脾气呢？她的那些毫无必要的失落和计较呢？都随着她一起，就此不见，无声无影。

我常常为想到这样的事情而感到哀伤，感到无奈。很多的时候，我和母亲都在伪装。母亲隐藏她的去日不多的恐惧，我用粗心和忙碌隐藏我的敏感和哀伤。在宿命的碾子下，我不知道哪一颗豆子能不被碾压得粉碎，而且，还要被榨尽生命所有的汁液。

就像梦中的那头巨兽，在我们毫无觉察的时候，已经吸食尽一位位母亲的血液。

好几天我都被这个噩梦纠缠，不知道那头怪兽是谁，是什么。它毛色油亮，神态安详。它必以吸血为生，而且从未间断。

那么，它是怎么吸尽母亲的生命之液的呢？

当花季少女埋葬对爱情的想象走进婚姻的炉灶时？

当年轻的母亲干瘪的乳头被女儿咂出鲜血时？

当穷困的主妇看着女儿被病痛折磨得缩成一团而拿不出一分打针的钱时？

当耗尽生育能量依然没有生出男丁的村妇被人耻笑辱骂时？

当痛失爱女的母亲在夜里像母兽失雏般长号时？

当慈爱的奶奶一把屎一把尿地抓养孙女们时？

当一生干净的外祖母为了抚养外孙而蜗居在城市的一个黑暗的角落里时？

当早该装聋作哑的曾祖母执着地过问曾孙的功课时？

……

是不是那头怪兽就在她身边，一口一口地吸食她的鲜血，而我们却浑然不觉？

一定是这样的。

母亲的衰老不是倏忽而至的，母亲的病痛不是一日形成的，母亲的体能不是突然衰退的。那头嗜血的巨兽在每一个艰难的坎儿跟前潜伏，悄悄地带走它需要的东西。

母亲的苦我们不会再经受，母亲走过的路我们不会再去踏履——我们能避开那头巨兽吗？

在梦里，那头巨兽睁开眼睛发现的第一个对象，就是我。我无从逃避。

一代人有一代人的宿命，谁都无从逃避。

最终我们也会倒伏在母亲的身旁，像她一样供祭完所有的血液，无声无影地从这个世界上消失。

不管我们付出多少努力，付出多少爱。

不是吗？

你看头发的黑已经一点儿点被吸走；

你看骨中的钙已经一点儿点被吸走；

你看眼中的清亮已经一点儿点被吸走；

你看肌肤的弹性已经一点儿点被吸走；

你看头脑中那些美妙的想象和清晰的记忆已经一点儿点被吸走；

……

总有一天，我们会像母亲一样，被吸尽生命的一切汁液，倒伏在地。

不管我们付出多少努力，多少爱。

也许直到倒地的那一刻，我们才能回到我们的过去，回到我们来时的那个样子，胎儿般舒适，安全。

是谁谋杀了母亲？是谁又在谋杀我们？

是生活？是梦想？

是痛苦？是爱？

是灾难？是病魔？

是时间？是宿命？

是渐行渐远的生命？还是老来无伴的孤独？

所有的生命从诞生那一刻起就注定了要成长，所有的生命从诞生的那一刻起就注定了要走向完结。

所以，让我们敬畏生命，让我们珍惜生命；

所以，让我们敬畏爱，让我们珍惜爱；

所以，让我们秉持仁慈，让我们永怀悲悯；

所以，让我们善待每一位白发苍苍的老人，善待每一位母亲的孩子。

爱你，爱人间烟火

多久了，没有做饭给儿子吃？报纸创刊50华诞盛事既毕的这个周末，我满心愧疚，想要给儿子做一顿他喜欢吃的南瓜面片。

儿子问："南瓜面片，你会做吗？"

"怎么不会？小瞧你老妈！"

儿子一本正经："首先，南瓜面片是咸的，你不要做成酸的；其次，南瓜面片里要放杏仁才好吃；还有，咱们家的面，生虫子了。"

从姐姐家借来一碗面，精心炮制符合儿子要求的南瓜面片。热腾腾的饭上了桌，小心翼翼地看着儿子的眼睛问："怎么样，还合口味吗？"

儿子吃了一口，一脸豪气地说："不错，很好。"

我谦虚地说："不要照顾我的情绪，在这方面我一向是

103

有自知之明的。我做的饭，跟你奶奶，跟你两个姨妈比起来，肯定是有差距的。"

儿子极其认真地说："那感觉不一样，毕竟这是你亲手做的呀。"

明知被拍了马屁，依旧是心花怒放。少顷，一股心酸涌上心头。儿子吃妈妈做的一顿饭，竟然如此不易；给儿子做一顿饭吃，还期望受到鼓励；总以为妈妈、姐姐们做的饭儿子喜欢吃，没有想到，自己做的饭，才是儿子喜欢吃的。

到报社至今，尽管工作一直是满负荷，生活总是处于凑合之中，但是儿子上小学三年级之前，我还是努力自己带孩子。简单粗糙些也罢，一日三餐都自己打理。在北京学习期间，我生活理念上有了改善，跟着北京生活频道学习了一些做饭的技巧。回到运城后，我严格按照营养膳食的金字塔结构安排孩子的饮食。可是好景不长，自从当了报社的领导，尤其是报社社址迁到太原以后，我总是在两地奔波，儿子总是被托管，托给妈妈，托给姐姐，托给婆婆，托给辅导部，托给学校食堂和宿舍，直到今年春天，儿子怎么也不肯住校了，才把他接回家中。但是依旧没有时间照顾他，他不是在他姨妈家吃，就是和爸爸吃印刷厂的食堂。

一直以为做饭不过是喂养一个人的身体，是可以被替代的，现在才明白，胃是全身离心最近的一个器官。一直以为母教是言传、是身教，是买很多的书给他读，现在才醒悟，做饭给孩子吃，是爱孩子最好的方式。

开始想到，自己小时候，没有文化的母亲，并没有教给自己多少知识。印象里，最常见的母亲的形象，就是她忙碌在厨房里的那些样子。炎夏热气腾腾的午间，一家人都休息了，只有母亲，她一个人在厨房里，蒸出一大锅的馒头，烤出一堆的馇馇，精心炒出一盘盘菜。红红的灶火，烤红了她的脸颊，熏黑了她的双手。一个母亲的精力到底有多大，我不知道，我只知道，在我们都休息的时候，只有母亲一直在忙碌。

中学时住校，我常带的吃食，就是母亲烤的馇馇和母亲调的咸菜，可是，它们常常被老师和同学一抢而光。那时我就知道，我有一个可以让我骄傲的母亲。虽然，她从来不问我的成绩，不问我的前途。她所做的，就是尽家里的条件，让孩子们吃得可口些。

人说少不更事，可是，每每星期六往家赶的时候，走到村头，看到村里飘出的缕缕炊烟，总是禁不住心头一热，眼中一湿——那千百年来飘散不尽的人间烟火，就是家的象征啊。

一位老哥告诉我，他的两个孩子小时候学习成绩都不好，可是到了高中以后，一下子赶上来了。后来上大学，上研究生，就业，越来越出色，他总结说："我的经验是，一定要坚持做早饭给孩子吃。我的孩子从小到大，没有一天是给他零钱让他到学校门口买早点吃的。"

仅仅是在家里吃早饭营养比较全面这个简单的道理吗？每天早起给孩子弄饭吃，这种坚持，一定会在孩子心里种下爱的根苗，长出责任的树种。

由此，我想到，爱孩子，就尽管做饭给他吃，只要做饭给他吃。母亲的饭，跟饭店的饭，跟食堂的饭，跟保姆的饭，一定是不同的。

从受到儿子肯定这天开始，我就下决心，不管再忙，一定要在家里开火做饭。生活是细水长流的生命历程。繁华总要凋零，人生没有返程的那张票。总有一些东西，不可寄卖和托管。譬如亲情，譬如爱。

爱你，所以爱人间烟火。尽管我知道，它平凡，琐碎，毫无色彩和韵律，还会消耗精力，侵蚀红颜。但是，它包含有人生最本质的东西，不只是责任，还有骨肉至亲，都会随附血缘，绵绵流淌，代代相传。

孩子，你就要12岁了（一）

今年的生日与往年不同

孩子，再过半个月，就是你的12岁生日。你每年的生日，妈妈都能记住，都会为你买生日蛋糕。过一次生日，就表明你长大了一岁，妈妈由衷地为你高兴。可是今年的生日，与往年的不同。过了这个生日，就表明你告别了你的童年生活，步入了少年时代。今年暑假，你结束了你的小学生活，拿到了初中的入学通知。这两件事，让妈妈感慨颇多。妈妈是个敏感的人，这会儿禁不住两眼发潮了。

孩子，今天是个阴雨天气，屋内寂静阴凉，屋外细雨若有若无，院中前几年搬家时栽下的小树，如今已是亭亭玉立，华盖如伞了。这样的日子是适于回忆的。你小时候的一幕一幕又活生生地浮现在妈妈眼前了。

全校闻名的夜哭郎

　　从你在妈妈的肚子里扎下根来到你出生后的三四年间，是咱们家最困顿窘迫的几年。妈妈刚刚参加工作就结了婚，工作任务异常繁重，加班加点是家常便饭。妈妈的眼病久治不愈，散瞳、打眼针受尽折磨。工作关系没有转正，又不好经常请假休息。临猗爷爷奶奶身体不好，尤其是爷爷，腿病严重，百般医治不见轻，有一段就跟妈妈来到运城医治，住在咱们家隔壁——男厕所对面一件被人弃用的灶房，窄小黑暗如同牢狱。在妈妈没有任何思想准备的情况下，你在妈妈的肚子里报到了。斗争了好几天，妈妈决定不管再难也要生下你。因为妈妈想到你是妈妈的第一个孩子，妈妈一生唯一的孩子如果不是你，妈妈会终身遗憾的。

　　你在妈妈的肚子里，就开始跟妈妈加班，就开始跟爸爸妈妈奔波在给爷爷奶奶看病的路上，就开始颠簸在乡村的土路上，就开始演讲——妈妈挺着大肚子在教育局演讲还获得了第一名的事，让别人好惊讶！你出生后，体质不好，是全校（那时我们住在运师）闻名的夜哭郎，常常一晚上一晚上不睡觉。你啼哭不宁的时候，抱着也哭，给奶不吃，满房里走来走去也无济于事。这时候妈妈就会抱着你暗暗垂泪。妈妈为了让你能安稳地睡一小会儿，你睡着了也把你抱在怀里不敢放下，自己就靠在床头迷糊一阵。时间一长，妈妈的脖子和肩背都酸疼酸疼。有人说肯哭的孩子缺钙，爸爸妈妈就想办法为你补钙。那时候咱们家一冬天不吃鲜菜，几乎天天是白菜、萝卜、咸菜。可是为了给你补钙，妈妈舍得掏腰包。龙牡壮骨冲剂、盖天力、钙糖片、鱼肝油……电视上说什么补钙效果好，妈妈就买什么。奶奶说你从来没有清清爽爽喝过一口奶，一口水，每次都是加这加那的。钙补多了怕长不高，补不够又怕影响发育，真是左右为难，可怜天下父母心！你周岁前还有一个毛病是肯拉肚子，别的孩子一天一两次，你一天要五六次七八次，最严重的一次是秋季腹泻，一天拉了二十多次，家里已经没有可以垫的布片了，妈妈只好用塑料布裹着你的屁股。"人屎大战"的事经常在家里发生。从养育你开始，妈妈才知道"一手是屎一手是尿"是什么意思。

吃了不少苦

　　就这样你一天天长大。你生长在一个双职工家里，你的父母都来自乡下。我们在运师危楼上住的时候，你才两三岁的样子。我们家的房子墙上有裂口，家具简单得可怜，地板凹凸不平，冬天里生钢炭炉子，上厕所要到楼下很远的公共厕所去。但我们努力使我们的家温馨一些。妈妈在床头贴满了给你看的挂图。爸爸在阳台上栽了一些花，但这些花很难成活，只有一株伶仃的葫芦苗挂在锈迹斑斑的护栏上。秋天到来时，它居然结了两三个小葫芦。妈妈常常看着那株葫芦，联想到我们根在乡下的一家三口在城市的屋檐下讨生活的艰难，暗暗叹息。你经常会带回一些别人送你的小动物如小螃蟹之类的。你兴致来的时候，会和小朋友用方便面和饼干渣"犒劳"它们，弄得它们五颜六色的。不过你常常会忘了它们，那么喂养它们的事责无旁贷地就落在了爸爸妈妈身上。

这样的日子里，爸爸妈妈吃了不少苦，你也跟着吃了不少苦。你一岁多一点儿就断了奶，接着妈妈就出差，把你送回平陆。妈妈出差一回来就去接你，竟然把爸爸的一件衣服都忘在了水房没有洗。而你竟然在离开妈妈的日子里不哭不闹，母子相逢你还稍带羞颜。你一岁半的时候妈妈再次出差，夜夜想你以泪洗面，回到临猗家里，你见了妈妈不仅没有叫着扑上来，反而想躲开，让妈妈好一阵心酸。再后来，临猗爷爷脑出血，妈妈要上班，还要和两个姨妈轮换着照顾病人，就把你放在临猗乡下由奶奶照顾，而你竟然出奇地懂事，跟妈妈分手时从来不哭闹。两周岁妈妈把你送到运师幼儿园，你在梦里都喊："我不去幼儿园，我要回老家！"妈妈听了落泪，可是还是天天狠着心把你送去。三周岁，你进了幼师幼儿园，有了自己的接送卡，自己的书本文具，自己的保险单。在上幼儿园的时候，你两次被自行车夹了脚。有一次夹得很重，白白的韧带都露了出来。回到乡下的时候，你告诉爷爷奶奶，这事怪你不怪妈妈。还有一次在乡下你摔了一跤，下巴被划开了一大道口子，缝了七八针，至今还留下一道疤。你一年级的时候滑旱冰，头磕在瓷砖上，撞开一个大洞，吓得妈妈的腿都软了。在去医院的出租车上，你竟然微闭着眼睛说不要紧。你三年级的时候，妈妈在北京学习一年，回来后发现你咳血，一检查才知道你患了肺门淋巴结核。妈妈忧心如焚，带着你四处求医。这一治疗就是将近一年。奶奶心疼妈妈，说妈妈吃了好多苦嘴里不说。孩子，妈妈一样心疼你，你的许多病痛是妈妈因为工作忙对你照顾不周造成的，妈妈的痛在于妈妈虽然爱你，却不能让你避免遭受这些苦难，不能代替你遭受这些苦难。孩子，在以后的人生中，也许还会有大大小小许许多多的苦痛灾难，一样没有人可以代替你，只有你自己来面对。但是，孩子，在这样的关口，你要记住两点，一是再难的日子都会成为过去，再难的事情都有办法解决，我们必须选择坚持而不是选择放弃；二就是你永远不是孤立的，你的亲人你的朋友会或远或近地跟你站在一起，安慰你，陪伴你，鼓励你。这，就是人生的苦乐。

会疼人的好孩子

孩子，你从小的时候，就是一个感情细腻、知道体贴妈妈、心疼妈妈的好孩子。两三岁时你磕了碰了，会赶紧安慰妈妈说不要紧，并在爷爷奶奶跟前替妈妈开脱。四岁时你会叠自己的小被子小褥子，还会把牛奶瓶送回收发室，会把自己看过的书整理好，把阳台上的垃圾袋拎到楼下扔进垃圾坑里去。当妈妈每天夹着毯子到中医院去输液时，你会站在阳台上对妈妈说："妈妈，你眼睛不好，走路靠马路边走。"妈妈忘了吃药，你会把药片放到妈妈手心，再把水杯递到妈妈手上，说："妈妈，你还没喝药呢。"妈妈腿病没好回平陆看你时，你看妈妈跨门槛，赶快小心地扶起妈妈的腿。你还是个爱操心的孩子，天天晚上问大门关好没有。有一次，你和妈妈上厕所，没有等妈妈就急急忙忙回去了。妈妈好奇怪，回到家里才发现你和邻居阿姨在厨房里。原来你怕锅在炉子上出问题，赶快回来了。看见锅冒气，你不放心，就叫邻居阿姨来看。临猗爷爷脑出血出院后的一天，我们都在厨房吃饭，你忽然丢下饭碗就往爷爷住的房间里跑去。我跟过去，你说，你听见有响声，怕爷爷摔跤。你这样的细心，不知感动我们多少回。有时，你还会像模像样地说："妈妈，你真辛苦啊！"问你为什么，你眨巴着小眼睛说："你每天送我上学，接我回家，还上班、做饭、洗衣服……"其实，天下做母亲的，千辛万苦，如果能听到孩子这一句话，就心甘情愿，无怨无悔了。孩子，妈妈希望你永远这样，珍惜亲人为你的付出，也懂得为亲人付出。

好说话爱读书

孩子，你不光能演绎一些细腻温情的情节来感动妈妈，还常常说出一些让人忍俊不禁的话来，给妈妈以欢乐。

有一次晚上，你问妈妈："妈妈，你在写工资吗？"妈妈说："不是写工资，是写文章。"你又问："写文章干什么？"妈妈说："写文章登在报纸上给人家看，人家就会说你的妈妈文章写得好。"你认真地说："那我也用胶布把我的名字登在报上。"妈妈觉得好笑，就给你讲写稿、编辑、办报的事，还给你讲了什么是作家、科学家、教师、医生，你居然小脑瓜一转说："我知道，做饭的叫老板。"

"童言无忌"这个词用在你身上，真的是非常贴切。有一次，你放学回来对爸爸说："爸爸，今天杨老师打我我都没有给你说。"有个家长因为孩子的座位问题跟老师吵架，你站出来维护老师说："我们老师很公平，前三排的小朋友都不动，后面一排一排往前赶，大家都是这样。"你此言一出，弄得老师哭笑不得，非常尴尬。

可能是妈妈太忙，经常把你送回乡下的缘故吧，你好像特别珍惜跟妈妈在一起的时间，最具体的表现就是你前后跟着妈妈，好像妈妈的小尾巴。妈妈提醒你不要总跟着妈妈，你振振有词地说："我从小就是妈妈生的，当然离不开妈妈。"妈妈给你讲一个小孩因为从小受溺爱，长大后杀了他妈妈的新闻，你大惑不解："我这么喜欢你，怎么会杀你?"和妈妈一起看奥运会比赛，你很受鼓舞，忍不住对妈妈说："妈妈，我以后得了金牌，先送你一块!"

可能因为爸爸比较严厉吧，你总是不喜欢跟爸爸在一起。有一次，你郑重其事跟我提议："妈妈，我们再找个爸爸吧?"我问你找谁合适，你认真地说："找老姑父爷爷。老姑父爷爷当爸爸，你当妈妈，老姑当奶奶，一红阿姨当姐姐，我们一家团团圆圆多好!"你盼着爸爸出差，爸爸一出差，你就会长出一口气说："这下好了，我们想上哪儿（饭店）吃就上哪儿吃。"星期天一睁眼，你就会问："爸爸在不在?"如果爸爸不在，你就会赶快穿衣起床，然后下去开电视和VCD。你这种习惯一直到现在都没有改，总盼着爸爸不在家，因为爸爸在家你就会感到不自由。

你经典的语言还有："妈妈，等我长大了，咱们俩生两个孩子，一个男孩，一个女孩。我聪明是聪明，就是手笨。"

有一段时间你特爱用成语。有人议论某某两个人的纠纷，你马上说："势不两立。"大人问你是什么意思，你认真地说："势不两立就是有仇，我跟我爸就是势不两立。"摩托车坏在路上了，你会说："遇到困难不能惊慌失措，应该动脑筋，想办法。"晚上坐出租车回乡下，半路上前排又上了一个副驾驶员，妈妈很紧张，你也不吭声。回到家，你长出一口气说："终于到家了，今天真是有惊无险！"在中班时用"如果"造句，你语惊四座："如果没有地球，人类就无法生存。"到了小学后，你依然是有机会就口若悬河，滔滔不绝，弄得老师上课都不敢让你回答问题。

你从小就表现出了超出一般同龄孩子的语言优势，这和你爱读书有很大的关系。妈妈始终注意影响你养成爱阅读的好习惯。你一生下来，妈妈就给你订了《婴儿画报》。不管你懂不懂，妈妈每天晚上都会给你讲。三岁后妈妈给你订了《幼儿画报》。每天晚上，妈妈给你讲故事讲得昏昏欲睡，而你却兴致勃勃。上小学后，尊重你的意愿，妈妈给你订阅《儿童故事画报》《米老鼠》《我们爱科学》。不光是杂志，妈妈还给你买很多的光盘和图书。迪尼斯英语一套光盘几百块钱，妈妈犹豫了几次，出差时还是给你买回来了。光《十万个为什么》，我们家就有三种版本的。注音版的名著故事，妈妈也买了好多。除了妈妈买，妈妈出版社的朋友也给你不断寄新书。后来，你也会打电话发邮件给你喜爱的作家，让他们给你寄新书。有一次，你在妈妈跟前点评这些作家的作品，让妈妈非常佩服。你小的时候，妈妈想，妈妈要把家里的每个房间都放上书，不管你走到哪个房间都可以随手拿起书来读。这两年，妈妈编辑新书的时候，会先把稿子给你读一遍，你选中的稿子，一定是非常好的作品。孩子，阅读是一个人生存最基本的一种能力，你已经养成了阅读的习惯，妈妈希望你把这个爱好一直保持下去。你马上要升初中了，要调整自己阅读的内容，可以在放假的时候阅读一些名著的原著了。你的理解力要发展，就不能只停留在小学这一水平上。妈妈相信，爱上阅读，你会受益终生。

不断适应新的环境

你很小的时候，妈妈经常把你托付给别人照看，所以你适应环境的能力较强。不管是把你送到临猗爷爷奶奶家，还是送到平陆爷爷奶奶家，你都会比较乖。晚上醒了你睁开眼睛喊妈妈，奶奶只要说："你妈妈开会去了。"你就会安静地去睡。两岁上幼儿园，你很机灵、乖巧，老师扫地，你就拿簸箕。幼儿园隔壁住着老两口，你总是亲亲地叫人家"爷""奶"。看到老人出门，你会大声问："爷爷去买菜啊？奶奶去打针啊？"感情是相互的，两个老人家对你很好，有什么好吃的总留给你。妈妈工作忙下班迟了，他们就会把你接到自己家里。正式上幼儿园后，有一段时间妈妈忙着装修咱们的新家，经常会迟去接你。刚开始你看到别的小朋友的妈妈去了，看不到自己的妈妈，就会哭。妈妈给你讲了几次道理，很快，你就不哭了。有一次放学在路上，你告诉妈妈："你以后可以迟来一会儿。"妈妈听了，心中的阴云一扫而光。妈妈在北京上学的时候，你也很懂事，天天早上跟着爸爸跑操。孩子，人要一天天长大，就要一天天离开妈妈的怀抱，离开温暖的家。妈妈希望你能不断地适应新的环境。

孩子，你就要12岁了（二）

要懂得回报

孩子，在你成长的过程中，不光是爸爸妈妈，许许多多的人都给了你爱。

你出生前，临猗爷爷的身体就很不好了，但是为了照顾你，他还是自己一个人住在乡下，让临猗奶奶来运城照看你。他一个人在乡下生活了两年，每天自己做饭洗衣，自己照顾自己。他去世后，邻居告诉妈妈，爷爷一个人在家的时候，晚上犯病，痛苦得受不了，恨不得寻短见。但是想到妈妈和你，想到他去后会给妈妈带来无尽的后悔和自责，他坚持默默地忍受。爷爷坚持了两年，你不到两岁时，他脑出血昏迷不醒，但是他被抢救过来的第一句话，就嘱咐不要告诉妈妈，因为他知道妈妈要上班，还要照顾你。爷爷一辈子最钟爱的人是妈妈，妈妈一辈子最钟爱的人是你。在爷爷身上，妈妈付出的爱远远没有给你的多。爷爷去世时，妈妈都没有在他身边，没有听到他留一句话给妈妈。爷爷一生都在吃苦，年少时和没有父亲的苦难搏斗，年轻时和贫苦搏斗，年老时和病魔搏斗，但是，妈妈没有听到爷爷的一句抱怨声。这就是妈妈的父亲。

你一生下来临猗奶奶就来运城照顾你。她身体虚弱，住在黑暗的厨房里，每天除了照看你，还要做一大家子的饭。你又是那么的能哭爱闹。妈妈下班回到家后经常看到的一幕就是，奶奶坐在沙发上打盹，你睡在她的怀里。那时我们家经济拮据，我们吃的面，吃的白菜萝卜咸菜，都是奶奶从村里带来的。奶奶心性强，无论自己身体怎么不舒服，也要把家里收拾得齐齐整整，把你弄得干干净净。咱们那个十二平米的小家，因为有了奶奶，总是显得清洁舒适。你稍大一点儿，为了照顾生病的爷爷，她回乡下了，但还是非常惦念你，经常捎来吃的穿的。你的脚被夹了，不能上幼儿园，妈妈要出差要上班，把你送回去，奶奶二话不说就把你留下来，并且把你照顾得比在妈妈身边还要好。孩子，如果不是奶奶，妈妈不知道怎么照顾你，不知道怎么打理家，不知道怎么能干好工作。孩子，奶奶在我们身上付出的爱，值得我们一生来铭记。

你上三年级时，妈妈要到北京进修一年。学习的机会非常难得，所以，平陆奶奶来运城照顾了你一年。妈妈从北京回来后，做了单位的领导，忙得整天顾不上操家里的心，平陆奶奶继续留在运城照顾你和爸爸的生活。奶奶嗓门儿大，爱批评你，但是她每天变着花样给你做饭，想让你吃得好一点儿。还有你的衣服和家里的卫生，如果不是她，不知道会是什么样子。平陆奶奶在运城，平陆爷爷一个人在家照顾二叔的两个孩子，还要侍弄地里的庄稼，有两次都累得要住院治疗。为了你，老人们都受了很多委屈，这种恩情，我们一辈子都不能够忘记。

还有你的大姨妈二姨妈，你小时候的棉衣棉裤毛衣毛裤几乎全是她们来做。你的几个姐姐们，给你买衣物，宠你惯你。还有你的老姑老姑父，你的幼儿园隔壁的米爷爷靳奶奶，你的光光叔小丽姨……他们都给了我们很多帮助。也许有很多很多的事你都记不起了，但妈妈不会忘记。他们都在你小的时候，在妈妈最困难的时候，给了我们及时的援助。

孩子，一个人的一生，可能要接受很多人的恩惠，但同时要知爱感恩，懂得回报，要在别人需要帮助的时候，及时地伸出我们的手，这样的人，才会得到人们的尊敬。

要知错能改

　　孩子，你也有许多毛病，带给妈妈许多的苦恼与心烦，妈妈大都记不起来了，妈妈能点点滴滴想起的，都是你给妈妈的快乐和幸福。天下做母亲的，用爱的目光来看孩子，无不是放大了优点，缩小了缺点。但是，在人生新的十字路口，妈妈还是希望你能正视你自己的缺点。因为毕竟到现在为止，妈妈是离你最近的人，看你最细的人，跟你最亲的人，妈妈能看到的你的缺点，一定是你身上真实存在的缺点。如果你不改正这些缺点，可能就会在这些问题上吃苦头。

　　孩子，可能是受父母的遗传因素影响吧，你不太喜欢运动，动手能力比较差。你最喜欢的就是读书、玩电脑游戏、看电视。这几件事你能坚持好几个小时而不知疲倦。以前爸爸想让你跟他长跑，或者跟他每天散步，但是你不愿意，最后爸爸只能放弃。你以前喜欢游泳，我觉得你在游泳方面是比较有天赋的，几乎没有接受什么训练就会了，可是这两年你因为怕别人笑话你胖，也不去游泳了。孩子，妈妈想告诉你，其实人的身体健康是第一重要的，没有一副好的身体，将来做什么事情都会受到影响，就是你的亲人，也会被你连累。妈妈以前身体不好，常常生病，现在，妈妈坚持练瑜伽，尽可能多走路，身体比以前好多了，精神也比以前好多了，别人都说妈妈越来越年轻了。人的体质和先天有关，但通过后天的努力，是可以改变的。你现在虽然长得胖乎乎的，但你的体质是不太好的，一感冒就容易扁桃体发炎或肺门淋巴结核病复发。你的消化不好，喉咙里经常有痰。初中的学习会非常紧张，你又要住校，爸爸妈妈不能每天照顾你，所以，你要选一种你自己喜欢的运动，坚持下来，增强自己的体质，让可恶的疾病远离你。

你的动手能力比较差，小时候你就在绘画和手工方面跟别的小朋友有差距。你自己也承认你"聪明是聪明，就是手笨"。你的字写得歪歪扭扭，练过几个假期的书法，效果不好。妈妈要告诉你的是，手、脑的功能是互相促进的，不要轻视动手能力的训练。动手其实就是实践活动，动手除了能刺激大脑让大脑发育得更好以外，还能为你增加好多感性认识。初中会增加一些实验课和社会活动课，兴致勃勃地动手做一些事情吧，你会体验到好多从书本中得不到的乐趣。

孩子，可能是你从小受到爷爷奶奶无微不至的关怀比较多吧，你的卫生习惯很不好。你小时候经常把沙发垫子全部铺到地上当跳跳床来跳，或者把抽屉里的东西拿出来摊一地玩而不知道收拾。上幼儿园的时候，你还每天晚上洗自己的小袜子，可是后来，你年龄越来越大，反而越来越不愿意做这些小事。到现在为止，你的袜子内裤都还是妈妈来洗。妈妈为你做一些事情倒没有什么，但你不能养成依赖别人的毛病。从小你就知道自己的事情自己做，可是你就是不想做。你上了初中后，两星期才回一次家，好多事必须你自己去做，你要把你的个人卫生搞好，给老师和同学留一个好的印象。

孩子，你还有一个比较严重的毛病，就是做事缺乏耐心。你想想，从小到现在，你有没有坚持做好一件事情？你学过小提琴，学得很快，但没有坚持下来；写过日记，也没有坚持下来；练过长跑，没有坚持下来；学过小主持人，没有坚持下来。你曾经告诉我你要当一个作家，你要写一部长篇小说，但你开始了没有两天，就放弃了。孩子，人和人的天分是差不多的，能不能成功的关键就是看谁能坚持下来，谁能坚持到最后。董碧华练习打乒乓球好几年了，现在经常在全省的比赛中获奖；他的姐姐从小练习书法，现在高中学习很紧张，她还在坚持练；爸爸坚持多年写新闻，妈妈坚持多年写散文，这些坚持给我们带来很多益处，充实了我们的生活，促进了我们的工作。孩子，多一些耐心吧，在坚持不下来的时候，告诉自己：我能行，坚持下去我会成功的！

孩子，这两年，妈妈工作比较忙，跟你交流得比较少，现在觉得跟你交流有了困难。你如果想要零花钱或买东西，要求得不到满足，你就会大吵大嚷。有一次，妈妈忍不住打了你一下。看到你倔强的目光，妈妈的心好疼。孩子，当你熟睡时，妈妈抚着你的面颊，看着你方方的脸庞和粗壮的手脚，禁不住地感伤。你是妈妈生的孩子，你还没有完全长大，还没有离开妈妈独立生活，就怎么一下子变得好陌生。妈妈希望你改掉脾气暴躁的毛病，遇事冷静一些。在家里跟妈妈犟一些没有什么，但到外面独立面对社会，是没有人会原谅你的。你想想是不是呢？妈妈给你写过好几封邮件，也许你宁愿把时间花在玩游戏上，也不愿意认真读读妈妈的信。孩子，妈妈的心，是一颗为你的心啊。你一天天地轻慢了，当有一天妈妈老了，离开你了，你才会觉得这种轻慢是多么的不该。

给初一新生的几点建议

孩子，你马上就要上初一了，而且要住校，这是你离开家庭独立学习独立生活的第一步。妈妈禁不住为你担心，所以，想给你一些建议。

你将在一个新的集体中生活，你天性快活乐观，但有时也多愁善感，所以，你要注意提醒自己要合群，不要孤僻。

要选择那些品行好学习好的同学做朋友，和他们互相帮助。与朋友相处要与人为善，多想想别人的好处，不要总提起别人的缺点。要和同学团结协作，不要斤斤计较。人常说，能吃亏是福，所以，对人宽宏大量乐于助人是一种有益终生的美德，你要好好修养。

你们每个人在家里都是"宝贝"，大家在一起难免有摩擦，甚至可能会遭受骚扰，有些学校已经存在"校园黑社会"或"校园暴力"。妈妈想告诉你，要学会保护你自己。不主动向别人发难，不和别人过不去。这是一个人维护自尊的首要条件。男子汉要有个性，但也不能太凌厉。太凌厉会伤害别人也会伤害自己。小的事情过去就算了，不要总放在心上。作为一个男孩子，也不能太懦弱，不能让别人一而再再而三地有意欺负。你可以和他讲道理，也可以请老师出面调停，以不伤损双方的自尊为底线。切记尽量不和人发生身体上的冲撞。在这里妈妈还要提醒你一点儿，书本上的道理在生活中并不一定能行得通，遇事要有主见，还要多听听老师、家长、朋友的建议，切不要钻牛角。

还有，孩子，你人生的航船就要驶出温暖的港湾了，你要为自己定下方向来，你要知道你将来要走一条什么样的道路，要到什么地方去，要从事什么样的职业或发展什么样的事业。人生没有目标和方向是不行的，路从现在开始就在你的脚下了。不要总觉得生活会非常美好，当你开始独步人生时，你慢慢会发现，一切的结果都是必然，昨天决定今天，今天决定明天。还好的是，一切还来得及，聪明的你，一定知道，你就是你自己的主人。爸爸妈妈和你所有的亲人会祝福你，但代替不了你。在人生的竞技场上，你是角斗士，而我们不过是啦啦队员。

孩子，妈妈在你的身边，妈妈又离你很远。少年的你，很快会到变声期，很快会长出小小的胡子，很快会有很多小痘痘，很快会越来越像一个男子汉。没有什么可以比孩子的成长更让做母亲的担忧和欣慰的了。我的孩子，妈妈希望自己是一个有成就的母亲，是一个骄傲和幸福的母亲。

孩子，你就要十二岁了，你开始问亲人们索要生日礼物。孩子，妈妈为你的成长高兴，但妈妈想让你明白，最好的生日礼物不是金钱，不是零食、玩具和生活用品，而是对你的祝福和嘱托。孩子，你还不明白，人的一生，一定要懂得付出。你向别人索取的时候，就要想到能回报给别人什么。这个世界上没有什么是你理应得到的，除非你自己通过奋斗得来。所有的人对你的爱，你最后都要用行动来报答。

孩子，童年好像是一座花园，充满了新奇的美丽和无忧的欢乐。少年就好像攀山的开始，有无尽的希望，但明显感到了压力。各种身体、心理、思想的变化，会分散你登攀的专注。你要好好把握，牢记自己的目标，想象山顶的奇异壮观，笃定专一地走自己的路。这样的时光会飞驰而过，所以我们没有时间来徘徊犹豫。

孩子，在你十二岁生日的时候，妈妈把这份万言书送给你，作为给你的生日礼物。当你有一天真正长大，你就会明白，这份包含着沉甸甸爱心的长信，是你一生中最应该珍存、珍惜、珍爱的礼物！

孩子，我亲爱的孩子，妈妈祝你十二岁的生日，快乐、丰富、终生难忘！

送给儿子的三句话

　　儿子小升初那会儿，我写了一篇长文章《儿子，你就要十二岁了》，作为送给他的礼物。儿子这会儿是高一的新生了，我想了想，今天上午和儿子聊了聊，送给他三句话。

　　第一句话是，一个人首先要对自己的亲人，对自己的家庭有责任感。自己的亲人是为自己付出最多的、自己最亲近的人，家庭是一个人安身立命的基础。一个对自己的亲人、自己的家庭都没有责任感的人，很难相信他会对自己的班级、学校、国家有责任感。所以，一个能够关爱自己的亲人、照顾好自己的家庭的人，才会成为一个真正有社会责任感且生活平衡踏实幸福的人。

　　第二句话是，一个人最重要的是律商。也就是说，自律能力是一个人最重要的能力。一个人能不能管好自己，能不能有效地约束自己，能不能督促自己做好该做的事情，是决定一个人的社会竞争能力的根本因素。正常人的智力水平相差不了多少，知识水平也有办法提高，但是，一个人如果律商低，也就是自我管理与控制的能力弱，就会影响自己的事业和生活，甚至于就会一生一事无成。一事无成也还罢了，说不定还会毁了自己。

第三句话是，好习惯成就好人生。一个人一天95%的行为都是出自于习惯，可见习惯对人的作用多么重要。如果说人生就是一座高楼大厦，那么，习惯就是那些奠基的砖石。一个学生重要的习惯有三方面：首先是学习习惯，今日事今日毕，日积月累滴水穿石，主动探究勤学好问，多读书少上网都是好的学习习惯；其次是生活习惯，比如不暴食暴饮，不食用垃圾食品，长期坚持一种适合自己的方式锻炼身体，做好个人卫生爱护公共环境，按时作息等等，都对自己的身体健康、生活趣味、个人品质养成很重要；还有就是文明礼貌习惯，主动跟人打招呼，多听少说，耐心倾听长辈的唠叨，不打扰别人的学习和休息，公共场合不大声吵嚷，己所不欲勿施于人等等，都会让自己成为一个受欢迎的人。

说完这些，我问儿子记住了没有，儿子重复了一遍，表示自己记住了。其实，他能不能记住，能不能做到，我心里也没有底。不过，不管他接受多少，我都要对他讲我认为该讲的东西，这也是我这么多年的习惯。

索爱

儿子是什么？

她问身边几乎要高过自己的儿子。

儿子撇着嘴，笑。不知她又设有什么圈套，用轻轻的鄙夷回答她！

儿子是女人的最后一块堡垒！是女人的最后一方天地！是女人的最后一口水和食粮！是女人的最后一个男人！即使女人失去了这世上的一切，只要有儿子爱她，她也照样拥有幸福！

儿子点头，那个笑没有来得及收回，变成了腮边的一个休止符。

过了十二岁生日，她很少再把儿子当作孩子。

儿子买一根雪糕，她也要争吃半口："妈妈好想好想吃！"妈妈小时候，从来没有人给妈妈买雪糕吃，现在，妈妈可以吃儿子买的雪糕了！

儿子坐在沙发上，看没完没了的动画片，她会跟儿子磨叽："让妈妈看一会儿，妈妈平时工作太忙了，好不容易有一点儿时间。妈妈再不看电视，思想就要短路了!"

儿子要出去玩，她急忙叫住："今天我们来打扫卫生，扫地抹桌子这样的小事，就让给我们女人做，拖地板是体力活，你这个男子汉来干吧!"

虽然每晚儿子睡着后，她还是要到儿子的床边，替他盖好踢开的被子;虽然每天儿子上学前，她还是要提醒他灌好水;虽然儿子拖过的地板，有时她还要在儿子出门后再拖一遍。

忽一日，儿子要住校了。晚上，她怎么都睡不着。

儿子光着脚从他自己的房里跑过来，坐在她的身边:

"妈，我走了以后，你要注意身体，晚上不要熬夜，不要打电脑;奶奶年纪大了，路上车多，不安全，你不要让她一个人出门;晚上睡觉前，记得锁防盗门……"

她的眼泪唰地流出来了:

"到了学校，记得每星期给妈妈打两次电话，你不打电话，妈妈会担心的，晚上会睡不着觉的!"

有一个儿子，让他牵挂自己，安慰自己，爱护自己，是一种多么强烈的幸福啊!

她不是守旧的女子，不会不言不语地付出一生，只给儿子留一个在坟头哭她的机会。她要把长长的岁月，和儿子相亲相爱走完。

索爱才会有爱啊!

她有些后悔，后悔以前在男人面前的独立和决绝了!

132

人最宝贵的是什么

　　四十岁躺在床上，正在琢磨隔壁房间里的十四岁在干什么。她了解十四岁的生活习惯，每天晚上不催几遍，十四岁不会关灯睡觉。即便是灯熄了，也并不能说明十四岁就睡了——他常常把小电筒藏在被窝里看书。

　　卧室门咣地开了，十四岁走了进来，问："妈，你还没有睡觉？"四十岁拍拍床边："坐下来吧，我们聊会儿天。好长时间了，我们都没有好好说说话。"

　　十四岁挺乖地在四十岁的床边坐下："聊什么呢？"

　　"你说，人最宝贵的是什么？"四十岁想，还是从这儿开始吧。

　　"当然是生命。"十四岁毫不犹豫地回答，"你想，一个人的生命只有一次，能不宝贵吗？就好比——"十四岁转过头看了看床头柜上的水杯，"人的生命就像一个杯子，有了杯子，白开水、饮料、啤酒，你想装什么就装什么。可是，如果没有这个杯子，一切都不可能。就是在战场上，最宝贵的也是生命。也许你会说我是怕死鬼，可是，我认为，珍惜生命的战士，才会想方设法取得最后的胜利。你说是不是？"

四十岁有些哑然。四十岁想说：你说得不对。人最宝贵的，是道德，没有道德的人，跟猪跟狗有什么区别？甚至于不如猪狗。可是，十四岁的振振有词，让四十岁顿觉自己心里的答案苍白无力。是啊，没有生命，还谈什么仁义道德呢？四十岁熟读那么多经书，舍生取义、杀身成仁这样的话，竟然不知道该怎么开口对十四岁说。

"那，除了生命，还有什么是最宝贵的呢？"四十岁想，我已经认可你的生命第一的理论了，下来该告诉我什么呢？信仰？精神？思想？灵魂？四十岁替十四岁想好了各种答案。因为她认为，杯子有了，就该谈杯子里装些什么了，怎么着也该是上层建筑领域的东西了吧？

"那就是健康了。没有健康，什么事情也做不好。"十四岁坦然地说。"你想，一个好杯子，一个破杯子，你愿意选择哪一样呢？"四十岁叹了一口气，又是杯子！四十岁想起，十四岁两三岁的时候，四十岁经常去医院输液，一输就是好多天。每当四十岁夹着毯子向医院走去的时候，十四岁就会跑到阳台上，大声朝楼下喊："妈妈，走路小心点儿，靠马路边走！"四十岁有一段时间躺在医院里，吃喝拉撒，都要像四五岁的十四岁喊妈妈一样喊自己年过花甲的老母亲。这会儿，四十岁有一百个不愿意，也找不出理由反驳十四岁。

可是，要不到自己想要的答案，四十岁还是不甘心。那就继续吧，她暗暗吞了一口口水，又问："那还有什么呢？"

"我认为就是亲人。"话刚出口，十四岁忽然身子一歪。要不是四十岁一把抓住他，他可能就要从床上掉下去了。"不要问我为什么，"十四岁狡黠地一笑，"就像刚才，只有亲人才会那样对你。我刚才那一下，你根本来不及也用不着思考。虽然我掉下去也摔不着，你还是一把拉住了我。你不舍得让我有任何的危险。亲人之间的爱，是一种本能，用不着教育，不需要训练，最天然最真实，所以，最宝贵。"

四十岁觉得自己彻底地失败了。这种失败竟然不知道是该高兴还是该沮丧。她绕了这么大的圈子，其实想从十四岁的嘴里听到理想和事业这样的词语。因为她觉得，十四岁已经到了确立人生方向和人生目标的年龄了。她在小学三年级的时候，就把"十年磨一剑，霜刃未曾试。今日把示君，谁有不平事"这样的诗句写在日记本上，日日激励自己好好学习，长大了做一名无冕之王——记者。这样的理想让她一直不曾消磨掉上进的决心。虽然她后来没有成为名记，但是她认为她今天拥有的一切，和当初的理想是分不开的。可是十四岁已经十四岁了，还是不知道自己将来想做什么。

　　看来再怎么绕，也绕不到自己的话题了。四十岁有些自嘲地笑了，笑自己和十四岁聊天带有多大的功利性。就说："那好吧，不早了，我们休息吧。"

　　"好的，晚安！"十四岁对四十岁笑笑，说，"我把你的窗帘拉好！"十四岁走到窗前，把已经拉好的窗帘整理了一下。就在四十岁暗暗为十四岁这个行为陶醉的时候，十四岁把脸俯向四十岁："妈妈，我用一下你的电脑！"

　　十四岁抱着四十岁的笔记本快步跑向了隔壁房间，只留下四十岁对着天花板在想今晚到底谁功利了谁一把这个问题。

我的幸福，就是看得到你的笑

儿子说："上中学之前，我不记得爸爸对我笑过。"儿子是认真的，我看到眼泪在这个小男子汉的眼中打转。还好，儿子说："现在，他终于和我有说有笑的，让我心里很温暖。"

我心里一颤。我从来没有思考过，父亲的笑容，对一个小孩子意味着什么。

"小时候，我从来不愿意和你们一起出去，因为他总是板着脸，要不就是大声呵斥我，让我觉得很难堪。"儿子继续诉说。

可是，我有些结舌，可是，他是爱你的，他为你做了很多你看不到的事情。还有现在，他每天早早起床，就是为了让你在上学前能吃上热乎乎的早餐。

严父慈母，严父慈母，这种传统的观念，让做父亲的在儿子面前常常扮演着一个严厉而冰冷的形象。可是我知道，儿子睡着后，他常常趴在儿子身边，笑着瞧着，甚至会伸出手去，在儿子的小脸上摸一摸。

我没有说，记忆中，有一次儿子犯了错，他用一根细棍子抽打了儿子的屁股，以至于有几个晚上，儿子都只能趴着睡觉。而且，睡梦中，儿子会尖叫，流泪。那一刻，我发誓永不原谅他。当然，这种亲人间的"仇恨"，没有多久就消除了。

只是我没有想到，儿子在很小的时候，就会观察父亲的态度和表情，并且，留在了记忆深处。

第二天，我对朋友说起这件事，朋友说："这有什么大不了的，我小时候，也没有看到过妈妈的一个笑脸。"

哦，原来，孩子看不到父母的笑脸，竟是一个普遍的现象。

我回忆了自己的童年。由于家境窘迫，由于是多女户，由于种种生活中不得不应对的难题，我的家里常常弥漫着阴郁、冰冷的气氛。真的是，我小时候，也几乎没有看到过父母的一个笑脸。

也许正是这种原因，很小的时候，我就是一个不会笑的孩子。家中住的工作队为我照的第一张相片早已遗失，但是我记得我小时候的样子，呆呆地站着，僵硬的表情，惧怕的眼神，像寒风中一棵瑟瑟发抖的小树。

小时候，我在人们心目中，一直是一个听话懂事的好孩子。我知道，那是因为我习惯看大人的脸色行事。直到我上了大学，还保持着一种拘谨、戒备的待人处事风格。

小时候，我一直以为我不是亲生的，我笃信着听来的那个故事：有一年发大水，涞水河上漂来一个柳条筐，筐里躺着一个哇哇大哭的女婴，父亲把她捞了上来，那就是我。

为了这个凄寒的身世，我常常在夜里暗自垂泪。

直到我结了婚，生下了孩子，享受到母亲无微不至的照顾，我才坚信，我就是母亲亲生的女儿。

当然，现在的许多小家庭，已经不存在那种异常困苦的状况，但是，工作的压力，生活的诱惑，个性的对立，琐碎的磋磨，常常让许多家里充满了战火气息，而缺少家庭应有的温馨、欢乐。

孩子在这种冷暴力影响下，很容易形成孤僻、自闭，甚至抑郁的个性。

所以，也许在孩子的心里，幸福不是你给他多少物质，为他创造了多么优裕的条件，不是你为他谋"深远"，而是，让他能够看得到你的笑。

不论多艰难的事情，不论多恶劣的环境，只要有你的笑，生活中就充满温暖，充满快乐。

所以，不要做一个表情僵硬的人，不要做一个心理阴郁的人，不要做一个悲观忧郁的人。

你的笑，对你很重要，因为面相，是自己修来的。有什么样的面相，就有什么样的运势。

你的笑，对你的朋友很重要。我们看得到，喜欢笑的人，朋友多，人缘好，交际广，车到山前，处处有路。

你的笑，对你的亲人很重要。看得到你的笑，天就不会塌，地就不会陷。即便失去一切身外之物，但永远不会失去的，是惜福的心态和阳光的个性。

何况，我们的孩子，真的是上天赐给我们的宝贝，是我们的天使，我们要笑着面对他，让他感到生活多么快乐，亲情多么珍贵，他来到人间，是他的福分。

我的幸福，就是看得到你的笑。你的幸福，也一定是看得到我的笑。

笑，人人都可以拥有，又珍贵得千金难买，所以，如果你不吝惜你的笑，你一定会收获心意满满的回报。

谁的牵挂谁知道

　　晚上十点半了，突然想打个电话给你，怕我不在你身边的日子，你会非常非常想我而不告诉我，只为了不影响我的情绪。可是，我拨你的手机，发现你关机了。我又拨宿舍的电话，那边有人告诉我，你没有在宿舍。我打回家里，听说你说过了，因为同学今晚过生日，你不回家住，热闹完就住宿舍了。我又拨回宿舍，再也没有人接。我知道，宿舍熄灯后，电话就会被掐断，任何人也打不通。

　　刹那间我失魂落魄。各种不安的揣测纷至沓来。虽然这个比喻一点儿也不新颖，但是我还是觉得，眼泪像决堤的海一般汹涌。在这个空旷而死寂的楼里，我感觉我像被整个世界抛弃了一般——平时我没有觉得你是我的全部，而这会儿，我觉得你就是整个世界。

　　已经接近午夜，没有任何一点儿你的消息。我是那么无

141

助，软弱得像一摊稀泥。我抽泣着打通你姨妈的电话——亲人就是亲人，你舅舅和姨妈二话不说，立马穿衣开车去学校找你。知道希望和失望各占百分之五十，我的心还是稍稍安定了一些。因为你，我像一个孩子，把完全的依赖给了我的兄姊。虽然我知道他们年岁已大，也经不起着急和惊吓的折腾。

我一边测算他们到你学校的时间，一边继续拨打你宿舍的电话。你突然回到宿舍，听到了电话音，接起来一听，是我连哭带骂的叫声——这是多么幼稚的一种幻想啊。我在那一遍又一遍"你拨打的电话暂时无人接听"的重复中，做着这个虚幻的梦。

我的电话响起，我把它紧紧贴在耳边。我听见你舅舅说，你宿舍的外边还有铁门，铁门紧锁，他大喊了无数次，可是没有人理他。我只好反过来劝他们："你们回去睡觉吧，他这么大了，不至于把自己弄丢。"

可是我说服不了自己。我根本无法入睡。我不知道在你身上发生了什么事，不知道你为什么不在宿舍也不回家睡，不知道你跟谁在一起，不知道为什么你不打电话告诉我一下你的行踪——因为经常不在家，不能跟你在一起，我的手机二十四小时开机，而且，几乎从不静音和振动，以免错过你打过来的任何一个电话。

我忽然觉得我很可怜。一个人住在这个空荡荡的办公楼里，在遇到想不开的事情的时候，没有一个人可以安慰我，宽解我——我的命就是与寂寞为伴，与孤单为伴吗？我呜咽着，嘴里喃喃地喊着我的妈妈——我就是如此一个自私的人，只有在过不去的坎儿前，才会想起我的妈妈，才会喋喋不休地对她倾诉。当然是不在她身边的时候，我才会放肆地发泄我的痛苦。

我的妈妈，她这会儿也是一个人，一个人住在一个宽大的院子里，一个人住在一幢宽大的屋子里。我知道她常常失眠，可是我不知道她失眠的时候，怎么度过漫漫无边的黑夜。不知道她犯病的时候，腿抽筋的时候，会怎么痛楚难挨。我们姊妹几个经常劝她住在城里，可是，不是冬天冷得受不了的时候，她是决不到城里住的。我们不理解她，甚至于讨论把村里的房子卖了，断了她的后路，可是她一声"谁敢"，我们就再也不敢吭声。我们一直不明白，她对那座老院子，那所老房子，有什么放不下。

直到那一天，看了那部片子，徐帆用唐山话对戏中的儿子说："我哪儿都不去，我就住这儿，你爸跟你姐回来，不会找不到家。"这句话击中了我。因为此前妈妈也对我说过这样的话。她说："你爸跟你姐回来，家里如果锁着门，他们会没有地方去的。"而我只当是一句玩笑话。我没有想

143

到，这是她的一个终生都不能复原的伤痛。任何人对她的爱，都填补不了她心里的那个空洞。我曾经跟她开玩笑，说："爸爸跟姐姐会到城里找你的。"可是妈妈不相信他们会找得到。也许，在老人的头脑里，亲人走以前的身体、思想，都静止了，不会变了，他们没有去过的地方，他们就走不到。所以，妈妈守着她的家，她的老伴和她的早夭的女儿回来，总会有一个人在等他们——虽然他们离开了很多年，可是他们永远不会被她遗忘和遗弃。

我在这里牵肠挂肚地想你，而你这会儿正在某一个我想不到的地方，呼呼大睡，也许还做着甜蜜的梦。我悲哀地想到，在无数个我呼呼大睡的夜里，在无数个我看着你入睡的宁静的夜里，我的妈妈她如何一个人辗转反侧，彻夜难眠。她不是有意为难我们，不是有意让我们愧疚，她说服不了自己，她无法放弃她心里的那两个人，她也愿意我们过我们自己想过的生活。她的牵挂早已锯成了两半，一半给地下的那两个人，一半给每天风风火火奔跑着的这些人。

谁的福谁享，谁的罪谁受。还是这部片子里的话。我想起小时候，爸爸在屋子的墙上，挂了一张老来难的图画。那上边的话，刺痛了我幼小的心。我想：你们这是给谁看？你们有几个女儿，将来怎么就会落到老来难的境地？可是现如今，我深刻地体会到，儿女跟父母，心很近，又很远。你想的，不是他想的。他想的，也不是你想的。有些东西可以给，有些东西，你永远给不了。

这会儿，我想到的一句话是：谁的牵挂谁知道。年少的时候，我曾经也走失过，可是，当我回到家里，看到妈妈那哭天抹地的样子，心里不是温暖，而是冷冷的不解。我不知道我好好儿地回来了，她为什么还要这么难过。年轻的时候，放假后，我也总是希望跟同学去玩，天南海北地去跑，根本想不到，爸妈会怎样惦记我。以他们有限的阅历，外面的世界对他们而言，是多么可怕。就像现在我面对一大屋子的黑暗，充满着灯光的黑暗的那种惧怕——没有你，有再多的光又有什么用？我还想起，在我年少轻狂的时候，曾经固执地拔掉我的电话，关闭我的手机，打算切掉与外界的一切联系。而有人却在我酣睡的夜晚，彻夜地拨打我根本没有希望接通的电话。

我想起，在我们俩有限的共处的时光中，我总是把鱼、虾往你盘子里夹，而你总是一脸烦躁，重新把它们拣出来。当我把热水壶放到你嘴边，几乎是用乞求的语气让你喝时，你却把脸别过去。过了一会儿，你去买了两瓶饮料回来。你不知道，因为你的咽炎，看到你喝凉的饮料，我的心有多揪。还有，你过生日，邀请同学吃饭，我想阻止你，你暴怒着，把我给的钱扔给我，理直气壮地说："我不花你的钱总可以吧？你有应酬我都不管，我有应酬你凭什么干预？"我苦笑，说："我的应酬是工作。"你振振有词："我的应酬是人际关系。"我看着你高大的身子，稚气的脸庞，只好又把钱塞给你，同意你去请你的同学吃饭。你不知道，我其实一点儿也不愿意出去应酬，只要有时间，我情愿一直和你待在家里，哪里也不去。可是你平时只看到我毫不犹豫地出发，看不到我在想你的夜里是怎样水火煎熬。

上大学的时候，我的教古典文学的冯老师在课上说，谈恋爱就像一群鱼围了一圈儿，一个咬着一个的尾巴，他们不知道回头，其实回过头来才知道爱自己的人，其实是身后的那个人。这句话我记了有二十年。可是二十年我都不知道回头。也许我知道真正爱自己的，是身后的那个人，可是我回不了头。就像，我知道我的妈妈是最爱我的一个人，可是我还是把最深的爱，义无反顾地给予了你。亲情原来像爱情一样，从来就没有讨价还价，没有平等交换，没有合理分配，没有对错正误，只是由着心的牵引，执着地向着一个方向奔跑。

天将明的时候，你姨妈打来电话，说她在早自习的教室里，找到了你。听到你的声音，我失声痛哭。哦，亲爱的，所幸你不像我少年时那般逆反僵硬。你一迭声说："妈，别哭了，我什么事情也没有，我昨晚在同学宿舍睡了呢。不信你可以问他们。我保证，以后有事不回家一定向你请假。别哭了啊。"

原来年龄可以逆转啊，听这话，我倒像一个需要哄的孩子。彻底放下心来，我往镜子前一站，真真是相思是把刀，刀刀催人老啊。一夜的牵挂割肉削骨，我像换了一个人一样憔悴不堪。看着我这个样子，我竟然忍不住扑哧一笑，不是为我的神经质，而是为你——小可怜见的，将来你长大了，能遇见一个像我这样牵挂你的人吗？

注视也是一种温暖

前些天，我去某市出差。因为要拜访一些重要的领导，而且是从来没有见过面的领导，我在该市跑了两天。长时间站在楼道里等候接见，在电话会议的会场外苦苦守候，不知道会受到什么"礼遇"的忐忑不安，在烈日下奔忙甚至没有心思喝一口水，这些弄得我疲惫不堪。上了返程的车后，我就像虚脱一样睡死过去，整整睡了一路。我想在星期天赶回运城，因为初三的儿子这天有半天的休息时间，赶回去我们就能见一面。这可能就是他中考前最后一次回家休息了，我想见见他跟他说说话。

因为长途汽车的一再晚点，我回到家比预计的时间迟了两个多小时。还好，我踏进家门，发现儿子的东西在沙发上放了一堆，知道他还没有去上学，就轻手轻脚走上楼。儿子在书房里休息，听见我上了楼，没有出来，只是喊了一句：
"妈，四点半叫我。"我答应了一句，又下楼去收拾他上学要
带的东西。

四点半，我叫醒了儿子。他下楼换了洗好的衣服和鞋
子，拿了东西，眼皮抬都没有抬一下，说了句"我走了"，
就匆匆出了门。我一直不错眼珠地看着儿子。他身量高大，
却还是一副孩子的神情，让人感到一种突兀的陌生。心底里
莫名地酸。我看着他的身影消失在巷口，回到家坐到沙发
上，让倦意重新将自己包围。

儿子走了，可是我心里还是放不下。最近他学习怎么
样，身体有没有毛病，晚自习后还会不会偷偷在被窝里打着
手电筒看课外书，还有在书房里发现的他的那些青春期孩子
的"小秘密"，都让我心神不定。我们共同在家的两个多小
时内，他只给我说了两句不怎么完整的话，而我，都没有机
会问他一个问题。

我想了又想，给儿子发了条短信：儿子，折腾了六小时
赶回来，就是为了见到你。可是，妈回来你没有出房门，你
走的时候，也没有看妈一眼。妈好失落哦！下自习后，儿子
给我回了短信：妈妈，不是我不看你一眼，是因为没有时
间，最近学习真的很累。我心里一热，赶紧给他回过去：好
的，妈妈知道了，不怪你。只是以后再忙再累，见到亲人的

时候，都要认真看一眼。因为，注视也是一种温暖。

少顷，儿子回过来了：噢，妈妈，我知道啦。

平静下来后，我想起，好长时间没有给妈妈打电话了。有时候是因为没有时间，更多的时候，是拿起的电话又放下，不知道说什么好。总是忙碌，总是紧张，总是难得有空回去，回去了也总是躺在妈的大炕上睡得一塌糊涂。很少认真看妈一眼——因为不忍心看，每看一次都觉得她比前些日子更老了；很少认真听妈说话——因为妈翻来覆去说的，总是那些听了无数次的话。可是这会儿，我特别特别想给妈打一个电话，跟妈好好说会儿话。

电话打通了，妈还是像以往那样说："你回来了？见娃了没有？你不要回来看我，我挺好的。你有些天不在家了，家里一定脏乱得不行，你先好好把家里收拾一下；电话费贵，不说了，我挂断了。"就是这些说过无数次的话，此刻让我热泪盈盈。母亲啊母亲，永远是你身后注视你、等候你的人。她爱你爱到宁可忍受孤独，也不忍心打扰你！

过了两天，姐姐不知听谁说吃黄豆对脑子好，就弄了一包炒黄豆，让我给儿子送到学校去。儿子从学校里出来，一直笑眯眯地看着我，听我唠叨完，接过黄豆，笑呵呵地说："妈，我走了。"我们都带着一丝儿的不好意思，对视了片刻，挥手互道再见。我知道，爱是需要表达的，而表达是需要学习的。此刻，儿子一定是想起了我那句话：注视，也是一种温暖。

想念是不是一件事儿

那天夜里我收到一条短信，一看，原来是儿子打我电话没有打通，短信平台转过来的他的号码。我赶紧打过去，儿子已经关机了。我发了条信息给他，让他有什么事第二天再打给我，并且告诉他，我星期五回家。发完短信，我心里惴惴不安，不知道儿子遇到什么事了，在夜里十一点儿多给我打电话。

第二天儿子给我回了一条短信，说他挺好，没事，让我放心。星期五我约见一个人，那个人说他星期六才有时间，于是我就把回家的时间往后推了。星期五下午五点多，儿子发过来一条短信：妈妈，六点钟你可以来看我吗？我赶紧回复他：抱歉，妈妈有事，还在太原，让爸爸去看你可以吗？他回复说可以。

我给他爸爸打电话，他爸爸在电话里暴跳如雷：我昨天刚给他打过电话，他说没有事，怎么又给你打电话？我也给老师打电话了，老师说他在学校里挺好的。我不去看他！我打电话给侄女，让她六点钟去学校门口看看儿子。侄女去了，看完儿子给我打电话，说儿子挺好的，见完她马上就去教室上自习了。

星期天儿子回到家，家里人都说："这孩子怎么回事，又没有什么事，为什么总是给你妈妈打电话？"受到围攻的儿子一脸愤怒的表情，眼泪都要出来了。我把儿子叫到里屋，说："儿子，妈妈替你说你想说的话，儿子为什么非要有事才可以给妈妈打电话？再说，儿子想妈妈是不是一件事呢？这种事不需要告诉别人，对吧？"

儿子小时候，我常常出差。到了外地，我往回打电话，儿子一接电话，马上大哭："妈妈，我要你回来，马上回来，五分钟必须到家！"他幼小的心里，只有时间的概念，没有距离的概念。只知道好长时间没有看到妈妈了，不知道我还在千里之外，再怎么想他，也不可能在几分钟之内到家。这种时候他爸爸拿过听筒就说一句话："他在家挺好的，很乖，你一打电话他就哭，又没有什么事，你打电话干什么？以后没有事不要往家里打电话！"然后，那砰的挂断电话的声音，就把我的眼泪震落下来了。

孩子大了，妈妈老了。有时候我给妈妈打电话，妈妈也

154

会说："电话费挺贵的，没有事不要打电话。"我说我星期天回去看你，妈妈就说："我在家挺好的，没事不要回来。"我一回到家，妈妈就会唠唠叨叨抱怨半天，说："我又没有什么事，你回来干什么？星期天你歇一歇，把家里整理整理，来回跑，把时间都浪费在路上了。"

我知道，回去是没有什么具体的事情，可是，我们惦念妈妈，妈妈也想我们。妈妈一边想我们，盼着见到我们，一边又害怕我们忙，怕我们去看她影响我们的事，就叮咛我们不要回去看她。

想念是不是一件事呢？我想，想念也是一件事儿，一件最大的事儿。想念亲人，让他知道，去看看他，或者让他来看看自己，这是最正常也是最美好的事情。况且，想念不仅仅是一种感情或情绪。想念，让我们排解了生活的压力，释放了焦虑和不安。想念，让我们知道自己在世界上不是孤单的，知道这个世界上还有牵挂和依靠。有人想念和有可想念的人，是一种值得珍惜的平实而妥帖的幸福。

大声说你爱我

那天晚上十点半以后，我打通了他的电话。

不知都说了些什么，我实在记不清了。我只记得，不知怎么话锋一转，他突然说：

说，说你爱我！

我心里一紧，这个傻小子，怎么突然说这个！

我以为他开玩笑，笑嘻嘻地，没有说话。

说，大声说你爱我！

电话里，他一句句紧逼。

我觉得脸发烫——我知道我有多爱他，我知道我有多想他，可是，我说不出来。

我说，别闹了，你边上有人！

我紧接着说：

你不怕他们笑话你吗？

没事。他们都在笑，可是那又有什么关系！

最后直到电话挂断，我都没有说出他要我说的话。

可是，我是多么想说，多么想说——

宝贝，我爱你——不管我有多忙，不管我离你有多远，不管我将来还是不是你最爱的那个人，我都是那么那么地爱你！

是的，孩子长得很高很高了，像个大人一样高了，可是，他还是需要妈妈的爱，而且，需要妈妈通过语言肯定这种爱。

对母亲，羞于说出爱；对孩子，羞于说出爱——亲人之间的爱，有什么不好意思说出口的呢？

我为自己惭愧。

爱情是什么

　　那是一个周日下午，细雨霏霏。四十岁和十四岁在屋子里的床上，用电熨斗熨烫十四岁的裤子。那是一条仿版kappa运动裤，十四岁最喜欢的一条裤子。周日只有半天的休息时间，洗了的裤子干不了，十四岁又不愿意穿别的裤子，四十岁只好用电熨斗帮他烫干。

　　裤子平铺在床上，十四岁把裤子抻展，四十岁用电熨斗在上面压过来压过去。这时候，十四岁忽然说："我好想谈恋爱。"四十岁有些吃惊，却做出一副漫不经心的样子说："是吗？你想谈恋爱，可是你知道爱情是什么吗？"四十岁想起，前些天帮十四岁洗衣服，在上衣口袋里发现一张女生的走读证，磨得皱皱巴巴的，边角已经破损。一个脸上还有着婴儿肥的小女生，甜甜地在上面笑着，看着四十岁，让很想有一个女儿的四十岁心里一阵莫名的喜欢。

159

四十岁把这张来路不明的走读证藏了起来，可是奇怪，十四岁也没有再问。

十四岁抬起头，看了一下四十岁，笑了。他的刘海很长，有型有款的样子。四十岁对这样的刘海表示过异议，可是十四岁表示，他的抬头纹比较明显，剪这样的发型完全是为了遮掩缺点，四十岁就不好再反对了。十四岁说："爱情这个问题，我没有经历过，不是很懂，但是看过那么多书，总还是了解一点儿吧。"四十岁有些好笑，多么安全和策略的答案啊。于是就说："你说说看。"

"爱情嘛，首先要两情相悦，就是两个人要相互喜欢，要有吸引力。"十四岁说。他掏出他的小镜子和小梳子，梳了梳他的刘海。这几乎成了他的标志性动作。以至于有一次在课堂上也这样耍酷，差点被老师甩耳光。虽然四十岁对一个男孩子动不动就照镜子有些反感，但是也很无奈。青春醒过来了，爱美之心就是它的第一个懒腰，怎么能阻止得了呢。四十岁有些感慨，这首先的一点儿，还不能不表示认可。关于爱和喜欢，四十岁能用文字列出一百条区别来，也明白基于喜欢之上的爱，更牢固更幸福。可是，四十岁能对十四岁说，喜欢和爱，在生活中常常殊途且不能同归吗？不能。

"那还有什么呢？"四十岁有些恍惚地问。"还有就

160

是，两个人要合得来，不能老吵架。"十四岁很肯定地说。四十岁很诧异。他们家是一个永远也不吵架的家庭，有过持久冷战，但是谁也不会先开热战的第一枪。这个不能吵架的概念，十四岁是从哪里来的呢？其实四十岁对吵架这样的事情，已经有了独特的体验。有时候不吵架未必就是好事，吵架也未必就是坏事，最起码，吵架也是沟通的一种特殊方式吧，强于没有任何信息对流的不沟通。可是，这样的话，能不能对十四岁说呢？

"再有一条，两个人要相互忠诚，不能动不动就跟别人跑了。"四十岁笑了。看来安全感的需要是不分年龄的。四十岁想起，有一对夫妇总是吵架，男的常常拿着女的给情人写的信，买的生日礼物，来找四十岁评理。翻来覆去无数次，最终还是分道扬镳。两人的孩子，那个总是怯怯笑着不敢大声说话的小女孩，常常陪十四岁一起玩的小姐姐，离开了自己的爸爸妈妈，跟着外婆去生活。现在，十四岁的这个小姐姐在哪里呢？有没有读高中？四十岁有些伤感。忠诚实在是一个内涵复杂的概念。忠诚其实往往和责任联系在一起。当一个人向另一个人追讨忠诚的时候，爱情已经遭受了创伤。

裤子熨烫完毕，关于爱情的话题也结束了。十四岁穿上他的仿版kappa裤子，装好他的小梳子和小镜子，拎着大包的零食，快乐地出门去。他跳跃的脚步，溅起啪啪的水花。十四岁的路还很长很长，现在，他喜欢这样不带雨具的行走，而以后呢？当他习惯于在雨天打雨伞或者穿雨衣时，他会修正他关于爱情的观点吗？

家庭协议书

晚饭前，因为一件很小的事——这件事小到我现在不能说出来，如果说出来一定会惹人笑话——我和他顶起牛来。

我拉着他，要他去做我要求他做的那件事。他不肯，一次又一次挣开我的手。我不依不饶，一遍又一遍去拉他。拉不动，就用膀子抗，用头顶。他用膀子、背抵挡。我们在院子里僵持着，追逐着。他笑着："你这是蚍蜉撼大树。"我笑着："我就不信不能以弱胜强。"他笑着："要胜我你得再锻炼十年。"我笑着："今天就不能由了你。"

在客厅写作业的儿子听见了我们的吵闹，爬到窗户上往外一看，大喊起来："不要打架！不要打架！……"

我们邻里之间本来就是鸡犬之声相闻，何况儿子这么大呼小叫的。突然间，院子里涌进许多人来：左邻、右舍、隔了好几家的闺蜜……

人们的劝架声同时响起："算啦，算啦！""不要这样，男人么，都是这样犟的!""哎呀，两口子，低个头怕什么？"

众目睽睽，情势急转而下。（所以，至今我都认为百分之九十的家庭战争是劝出来的。）他的脸刹那间涨得通红，我的泪水也要夺眶而出。可怜天的，我们俩都不会骂人，长到三十多岁很少说过粗话，何况在人前对骂！于是，只能做出仇人相见分外眼红的表情来。我已经听不见他在说什么，我也不知道自己在说什么，围城十年柴米油盐酱醋茶的种种委屈一时间都涌上心头。

忽然间，只听啪的一声，他摔碎了一只碗。我没有勇气也舍不得摔碎第二只碗，只好泪流满面冲进卧室。

用毛巾被蒙住头，大哭。两个人组成一个小家，从学校里带回来的两双筷子几只碗，一个纸箱上搭块小黑板当饭桌，从那时开始，燕子衔泥垒窝一般，一点儿一点儿经营起这个安乐窝来。再苦再累，有冷战，有争执，但从来没有过这样人面前的大闹。他竟然敢摔碗！他哪里是摔碗，摔碎的分明是夫妻情意！

我想所有的女人在这个关头想到的大都一样：离家出走；回娘家；要不干脆住进办公室……

这时，好半天不见动静的儿子跑进来，推推我："妈妈，签个字吧!"我接过儿子递过来的纸，泪眼蒙眬中，只见儿子写得歪歪扭扭的几个字：协议书!"协"字还是用拼音写的。仔细一看，儿子在纸的左上角画了两只正在对打的拳头，拳头上画了一个大大的X。纸的中间画了一个大方框，方框里写了四句话："不准打架!不准吵架!不准打架!不准吵架!"方框下面左边写着"妈妈签名"，右边写着"爸爸签名"，中间是儿子的名字。他在自己的名字下面认认真真签了"可以"两个字。看到这样一张协议书，我的心刚才就是像寒冰一样，这会儿也化成了四十度以上的水了。可我还做作着："让你爸先签!"儿子说："我已经签了，你也签了，这样我爸爸就得少数服从多数!"我的八岁的儿子，可怜了你的小小的乖巧的心!为了你，妈妈什么样的委屈不能忍受?

因了儿子的这张协议书，晚饭得以正常进行。吃饭的时候，儿子使劲地给我讲万荣笑话。儿子曾经在我的办公室里讲过这个笑话，但是我的五六个同事没有一个人笑，只有我一个人捧腹大笑。我觉得如果连我也不笑的话，儿子就太失败太没有面子了。这会儿，尽管眼里还有泪，我还是笑了，发自内心地笑了。

妈妈，我来保护你

每天晚上睡觉时，我都对萱儿说："你睡里边，妈妈睡外边，妈妈来保护你。"这样，萱儿就能很快地安然入睡。可是，今天晚上，萱儿却突然对我说："妈妈，我保护你！如果大灰狼来咬你，我就用绳子把他捆起来，杀死！"听着我的两岁的萱儿用还不太清楚的语言说出这么一个长句子，我简直惊呆了。我的心房里跳动的满是激动、甜蜜和温暖。也许，我的小小的孩子已知道要报答母亲的深爱；也许，我的稚弱的孩子已朦朦胧胧有了一种想成为强者的意识。这一刻，我觉得受过的所有疼痛、劳累、烦忧、委屈，都有了等值的回报，一切琐碎的劳作都变得光辉四射意义深长。

我想起了泰戈尔那首散文诗——《英雄》。

一个小男子汉骑着一匹红马，他的妈妈坐在一顶轿子里，他们一同越过约拉地希凄凉而荒芜的荒地。

这时，一群披头散发的坏蛋，手执长棒，逼近了他们。

轿夫们怕得发抖，躲藏在荆棘丛中。母亲乞求自己的孩子，躲开这些恶魔。

　　可是，这个小小的男子汉刺策着他的马匹，猛奔过去。经过一场激烈的战斗，恶魔们死的死，逃的逃。这个孩子浑身溅满了鲜血，像一个真正的英雄一样走到妈妈的轿子跟前，自豪地说："妈妈，现在战斗已经结束。"

　　当然，正如你所想的那样，这只是一个小孩子想象中的事，可是他要反问："一千件无聊的事天天在发生，为什么这样一件事不能够偶然实现呢？"

　　母亲们总是尽量用自己的羽翼为儿女们支撑起一片安全的天空，而小男子汉们做梦都想像一个英雄一样地保护自己的母亲。

　　哪一个母亲不会被这样的想象感动得热泪盈盈呢？

　　于是，我把唇贴向萱儿娇嫩的脸蛋，轻轻地慢慢地说："萱萱，妈妈谢谢你！"

　　萱儿满足地睡去了。也许，在梦中，他会成为一个英雄。可是，我却久久不能入睡。我的天真的孩子啊，你可知道？世界上有许多劫难，许多痛苦，是要自己亲身去领受的，并不是什么人能保护得了的。就像母亲不能陪伴你长长的一生，你也不能完全使母亲不受伤害。尽管这样，你今天说出的话，却足以温暖妈妈一辈子了。

亲和爱

以前吃饭时，他很挑食，要不就是使小性子，要不就是剩下很多。每次她都把他吃剩的东西吃掉。而他从来都是吃完扔下碗筷就跑，留下她一个人在厨房忙乎。

以前走路时，她总是走在外侧，而他总是走在里侧。他蹦蹦跳跳一下，她都要左右前后看看。过马路时，她要牵住他的手，把他紧紧抓住，生怕他出什么意外。跟他出门，她总是很紧张，很累，当然她还是想走到哪里都跟他在一起。

以前礼拜日，她要蒸馒头，洗衣服，楼上楼下打扫卫生，而他不是坐在沙发上看电视，就是埋头看书，要不就是不见了踪影。等她打扫干净了，他叫来一帮朋友，一顿疯玩，家里就又乱七八糟了。

以前晚上睡觉，他睡相不好，而且极不老实。不是在窄小的床上摆大字，就是乱踢被子，还把胳膊腿胡乱搭在她身上。她不愿意弄醒他，就不停地挪来挪去适应他。早晨起来，她腰酸背痛，呵欠连连。

……

现在，他似乎不那么挑食了，只要有他喜欢吃的西红柿炒鸡蛋、炒土豆丝，有馒头有米汤，就一切OK了。有一次她一不小心在菜里放多了盐，他就赶忙添了些水进去，弄成了水煮菜。她说："抱歉哦。"他说："没事哦，老马也有失蹄的时候，况且你还那么年轻。"

现在走路时，他总是让她走在里侧。有车过来，他还会用手臂示意她往里靠。过马路时，他把她的手握在他的手里，牵着她过马路。他的手好大，好热，她感到有些别扭，可是他却自自然然，大大方方。

现在礼拜日，他会申请拖地板，擦家具。他会用洗衣机把自己的衣服洗好，一排排挂在阳台上。他很少叫朋友来家里玩了。他出门去，必定要报几点钟回来，而且，总是能准点回来。有一次晚了五分钟，他还说："对不起哦，今天回来晚了。"

现在睡觉前，他会陪她聊一会儿天。临睡时，他会看看卧室的窗帘有没有拉好，窗户有没有关好。天冷的时候，他还会替她掖掖被角。有时候还会把暖脚宝插热，放进她被窝里脚头的位置，然后才回到他住的书房。

......

　　她不知道他是从什么时候开始改变的。她也不知道她是从什么时候发现他的变化的。她只是觉得，她在他身上操的心越来越少了，而她享受到他的牵挂和照顾越来越多。虽然她有时还会用看一个孩子那样的眼神看他，但她知道，在他心里，他已经长大了。

　　亲和爱就像撒在土里的种子，有雨水有阳光，有日复一日的侍弄，总会长出令人欣喜的东西来。她明白了，做母亲，从来不需要焦躁，只要从从容容地付出和感受就可以了。

星期日的发簪

星期日的发簪，轻轻挑起我的长发，把它一圈圈盘好，紧紧地簪住。

我的卷曲的长发，乖乖地缠绕着星期日的发簪，在我的脑后，形成一个圆形的发髻。

我从来没有梳理过这样的发型，哦，不，在我三十六岁生日那天，我去影楼拍化妆照，造型师就给我梳了这样一个发型，古典，雅致，带一点儿点妩媚。

这样的发型，适合柳眉杏眼，适合玉面红唇，适合含蓄而张扬的旗袍，适合黄昏中的柳岸长亭，而这，对我来说，只是梦中的景致。

但是，莫名地，我喜欢这样的装束，那张照片，被做成了钥匙扣，但是，也仅仅是放在抽屉里。

他见了，夸张地叫："你这样打扮，好有气质！"

可是，我再也没有做过那样的发型，我甚至从来没有考虑过买一只发簪。职场、市场，还有这样那样的场，决定了我在大多数的时候，穿职业装，披中发。

可是，现在，我决定在每个居家的星期日，用这只意外得来的发簪，梳一个略带随意的发髻。

因为星期日他才会回到我身边，才会注意到我戴着他为我买的发簪。这是一只多么美丽的发簪啊，长长的银色的柄，两个多棱的小珠子，还有两个嫩黄色的圆圆的大珠子，在阳光的照耀下，颤颤巍巍，摇曳生姿。

高亢激越的蒲剧，巷谈村语一般的眉户，咿咿呀呀的黄梅戏，铿锵方正的京剧，每一个我所喜爱的剧目里，都有那样一个美丽的女子，莲步轻移，水袖飘飘，发簪摇啊摇，摇不尽的妩媚风流，道不尽的绵密心思。

因爱她们，我爱戏剧；因爱戏剧，我爱文学；因爱文学，我爱丰富而曲折的人生。

而在高跟鞋与公文包造型出来的横平竖直中，我渐渐远离了我的梦。

这星期日的发簪啊，让我如何不爱你，如何不对你，深深地感激？

我清晰地记得，那天，他笑着来到我面前，把双手淘气地背在身后，轻轻问我："猜猜，我会送给你一个什么节日礼物？"

会是什么呢？在我床头的小盒子里，有他送的自己编的手链，鱼形的戒指，他手抄的歌词……这次，会是什么呢？

不等我回答，他把手展开，我看到了这只美丽的发簪，骄傲地躺在他的掌中。

我的眼睛，迅速地变湿。在他面前，我隆重地试戴了他送给我的节日礼物——不要怪我用词不当，他送我的每一件礼物，我都当宝贝一样看待。

因为，他就是我的宝贝。

那天，是母亲节。

尽管他送给我的礼物，没有超过五块钱的，但是，我都——珍藏，并且会终生珍藏。

我的星期日的发簪啊！

草还会长出，孩子不会再来

这些天是假期，我把孩子带在身边。上午，我和他一起读两篇外国经典散文，让他写一页字；下午他去学外语，回来就八点半左右了，我们一起吃一些他喜欢吃的东西之后，他写完日记，然后我们比赛每人背两首唐宋词——他常常比我背得快，有时候一连背六七首。

不要以为我对孩子学习上的期望有多高。孩子外语学得很不怎么样，所以他去补习英语；孩子的字写得像螃蟹在沙滩上乱爬，所以让他练字；至于朗读和背诵古词，我也没有指望他将来能在文学上有成就，不管他将来做什么，我想受一些文学上的熏染总归不会错——何况，经典的东西给人的影响，已经远远超过了文学这个范畴。

还有一个重要的原因是，能和孩子共同做一些事情，我觉得是越来越难得的事。孩子的个头已经超过我，脸上已经冒出了许多小痘痘，嗓门也变得粗了——很快，孩子就要进入青春期了。我不想有一天因为越来越少的共同话语让我们突兀进入冲撞矛盾别扭尴尬心痛的境地！

在推荐孩子朗读的那本书上，我忽然翻到一个故事：

一个男孩三岁的时候，喜欢上了玩沙子，他爸爸担心他会往花床里扔沙子，把那些草弄死。他妈妈说："草还会长出来的。"

男孩五岁的时候，要在院子里立一副秋千架，他爸爸担心他用运动鞋刨地，把那些草弄死。他妈妈说："草还会长出来的。"

男孩十二岁的时候，主动提供自家的院子作为露营地，他爸爸担心帐篷和那些大脚丫子会把每一片草叶都碾成泥土。他妈妈依然说："草还会长出来的。"

终于，爸爸不用担心有人再弄坏他的草坪了，生机勃勃的绿草像厚厚的茵毡铺满了院子，覆盖了被运动鞋踏过的小道，淹没了自行车经常在那儿摔倒的小径，环绕着小男孩用茶匙翻掘过的花床。

可男孩的父亲对此视若不见。他以焦急盼望的目光越过草坪，声音发颤地问道："他会回来的，是不是？"

如果我们能够想到，草还会长出来，可是有一天孩子不会再回来，或者不会常回来，也许，我们就会耐心很多。

我忽然想到了母亲。

母亲是一个极爱清洁的人，我们小时候，家里的床铺总是整整齐齐一尘不染的，可是后来，我们的孩子回去，总是要在床上吃东西、打滚，甚至跳高，母亲却总是笑笑，不说什么；节假日，我们回去，打麻将的打麻将，玩牌的玩牌，睡懒觉的睡懒觉，早上第一个起床扫了院子热好洗脸水的，还总是母亲；回去的孩子多了，电视遥控器你抢过来他抢过去，母亲每天看的连续剧看不成了，她没有怨言……

母亲不识几个字，她不可能看过这样的文章，可是慈爱的她早就明白，草还会长出，孩子不会再来。

罗曼·罗兰说："一颗充满爱的心是天生要受它所爱的人折磨的。"

这种折磨，也是一种幸福，不是吗？

所以，不管什么原因，我一直反对生下孩子给别人带。我的孩子在小的时候，除了出差，我总是尽量自己带。每天除了送他上学接他回家，侍弄他的一日三餐，晚上还要为他洗衣服，给他讲故事，教他背唐诗。后来工作忙了出差多了，不能每天和他在一起，可是我还会和他同读一本书，让他帮我看稿子，甚至和他像模像样地讨论我工作中的问题……

时常提醒自己，草还会长出，可是孩子不会再来，你就不会吝啬对孩子的付出。

边走边唱

安武林

屈指一算，和张梅霞认识三十年了。感叹一声：人生有几个三十年?! 所以，我很珍惜这弥足珍贵的友情。她要出两本散文书，我责无旁贷要写一点文字，来表达我对她和她文字的认识与感悟。

梅霞是我认识的异性朋友中很优秀的一位。我很钦佩她。我觉得她的人生之路，颇有励志的作用。至少，我是暗暗以她为楷模的。她在人生的路上，摸爬滚打，每一步都走得很坚实。她有理想，但不空想；她喜欢给自己制定目标，持之以恒，使其实现。她身上有许多优秀的品质：朴实，真诚，坚韧，顽强，乐观，豁达。我觉得，这些优秀的品质决定了她的人生，也成就了她的事业。

我们相识于1980年代中期，当时，我在职业中学读书，她在师范学校读书，我们都是文学青年。那个时候，我们都开始发表作品了。在80年代末期，我从山西到山东读大学，毕业后去了陕西工作，进工厂做了秘书；而她去了小学生拼音报社，做编辑。再度相逢，我们一个是编辑，一个是作者。所以，开始了密切的联系。

她从编辑，做到了编辑部主任。那时候的她基本上不写东西了，一门心思放在工作上。即便偶尔有感想写点文字，也存起来，不去投稿。我一直觉得她很可惜，放弃了自己的文学创作。我劝她不要放弃创作，她苦笑着对我说："哎呀，一摊子事，顾不上啦！"的确，小学生拼音报社的工作我是知道的，那么一张地方小报，后来发展成一张全国知名的报纸，与她还有他们这个团队的一代又一代人的共同努力、打拼是分不开的。她为了报社的工作，也拉着我做了两年的兼职编辑，负责文学版块。

后来，她做了报社的掌门人，报社的编辑部也从运城迁移到了太原。她吃了多少苦，受了多少委屈，我是心知肚明的。但她是一个很要强的人，犹如岩石一般，是不屈服、不妥协的。有了博客以后，她也拉拉杂杂开始在上面写了一些文字，一晃多年，现在这些浸透着她感情和心血的文字终于结成集子了，我是打心眼儿里替她高兴的。

我看了一下她的两本散文集，觉得她是做了精心选择的。如果把和工作有关的那一块随感加上，那恐怕出五六本都打不住。她选择的是纯粹的散文，其中有游记、随笔、抒情和叙事的散文。因为一直很关注她，所以，对她作品的风格和特色是非常熟悉的。

梅霞的散文，最能和读者发生共鸣的，就是她写亲情的版块。古人说，文以情动人，这是一个写作的真理。她的亲情散文，朴实，真诚，不假雕饰，属于真情的自然流露。因为是朋友，所以读起来格外有感觉。或者心酸，或者感动，或者沉重，或者欣喜，那份浓浓的亲情和浓浓的乡情都是我极其熟悉的。有时候，我觉得她对亲情是有一份歉疚之情的，因为她忙工作，忙事业，很难兼顾到亲人。所以，她的文字之中除了那份娓娓道来的细致之外，似乎隐隐地有些不安的情绪。也许，这些文字成了她弥补歉疚的最佳方法。

梅霞的古诗文功底很好，她每天都坚持晨诵，而且带着数千人在微信群里晨诵，很了不起。她古诗文的功底，给她的游记散文增色不少。虽然她并没有引经据典地使用古诗文，但是，她文字的灵动、从容、飘逸、细致，以及意境的优美，都是有源头的。我相信这都是古典文学的滋润。在她的散文中，唯有游记这一部分，她写得文采飞扬，语言华美，这一定是大自然赋予她的灵性。像她这么一个长期忙于工作的人，一到大自然中，那份欣喜，那份激动，那份陶醉，是会很自然地流淌出来的。可以说，大自然洗去了她的疲惫，洗涤了她的心灵。我似乎从这些文字中听到她爽朗的笑声，这与她写亲情那些凝重的文字是大不相同的。其实，很多年前，我就看到过她在《随笔》杂志上发表的文字，当时我很惊叹，她能写出那么优美的文字来，而我，是无论如何也做不到的。

梅霞是个很重感情的人，无论是亲情，友情，还是爱情。她写亲情的那部分散文，可以略见一斑。只有在大自然中，在那些游记散文中，她才是一个纯粹的人，所有的情感纠结都放下了。但她是一个母亲，一个妻子，一个职场上有成就的女性，所以，她总会有很多很多的感慨和人生的感悟。她的那些随笔，都是她的思考、感悟，她是一个喜欢思考的人，有责任感的人，有忧患意识的人。多年来，我们交流过很多话题，孩子的教育、代沟、人生、理想、工作、事业，有时候还会争得面红耳赤。许许多多的观点，她在随笔中已经表达得很透彻。所幸的是，她不仅敏于思考，而且非常勤奋，及时地把自己的感受和认识写了下来，陆陆续续贴在博客上。从这一点上说，她与我，都应当感谢现代的网络，为我们保存了思想和人生的轨迹。

她的文字如她的人一样，都是阳光的，温暖的，乐观的，积极进取的。三十年来，我们一直都在朝着自己的理想奋进，彼此关注着对方。我知道，文学一直是她的一个梦，但她并不会把这个梦当作人生唯一的理想。她是媒体人，推广人，管理者，身上还有很多荣誉和光环，所以，能出这么两本散文集，我想这是她对自己三十年来的一个总结，是对文学表达她的爱，是写给文学厚厚的情书。这是一份最纯洁最神圣的情感。

后　记

人到中年梦未央

　　一辈子做过的梦，数也数不清。做得最长最深，久久都醒不过来的一个梦，便是"作家梦"了。还记得年轻时，清晨睁开眼睛，恨不能再次返回梦乡。因为在梦里，方格稿纸写的习作变成了铅印大作，那是一纸风行啊。

　　我曾经写过一篇文章《我们曾是诗孩子》。如今四五十岁的人中，有相当一部分人年少时都有过一个文学梦。在那个贫瘠的时代，这个梦让粗食布衣的年轻人思想蓬勃精神旺盛。这么多年过去了，有的人修得正果，有的人被案牍之劳消磨掉了热情，而有的人呢，还在痴痴地继续着那个亦真亦幻的梦。

　　我就是这后面的一类人。

　　人到中年，已然明白，人生很多事情，只能随缘而已。

虽然还未到做结语画句号的时候，但是，有些梦，看起来也只能是梦而已了。

然而，我庆幸我还有这样一个梦。

有这样一个梦，我才得以保有一种理性观察、思考的习惯，得以保有一种感性体验、表达的习惯，得以保有一种随时书写、记录的习惯，得以保有一种对己、对人、对自然敏感与悦纳的习惯。

有这样一个梦，我才能在负重前行中感受到那么多爱，那么多乐趣，那么多美，以及那么多小确幸。

有这样一个梦，我才能理解到，有遗憾的人生也值得频频回头，也值得品咂与咀嚼。

非常感谢北岳文艺出版社为我出版这两本小册子——在此之前，我犹豫了好几年：要不要出版？值不值得出版？遇到他们，我终于下了决心。这样的小册子和我的文学梦，和文学还相距甚远，但，以此来纪念那些激情燃烧的岁月，我觉得还是有意义的。

感谢山西师范大学我的老师和同学们。这么多年，我和大家交往不多，有的人甚至毕业后再没有见过面，但我知道，你们心里，还有当年的我。是当初你们的偏爱，鼓励我一直不曾放下手中的笔。

有朋友说，从我的文字中，能看到一个字："真"——

真人、真情、真文字。感谢赵学文老师和老友安武林为我作序、作评。我知道你们是认真的，也是投入了感情的。在你们，在许多亦师亦友的人面前，我是透明的，也是简单的。

"谁谓河广？一苇杭之。"最后要感谢的，是我写下的那些文字。我永远记得你们陪伴我、温暖我、渡引我的那些日子和那些旅途。

人到中年梦未央，心有青莲吐芬芳。

是为后记。

张梅霞
2017年元旦